面對素昧平生嘅司機，
真實嘅你到底係個點嘅人？

點子出版
IDEA PUBLICATION

始料不及地，《我的你的紅的》迎來同讀者嘅第二程車。

始料不及嘅係讀者們對《紅的》嘅喜愛，仲有傳媒們對《紅的》嘅關注，有大家為我打夠氣，加夠油，第二程車先可以順利開出，一年過去，呢部車又返嚟喇。經過一年嘅洗禮，車廂中依然有太多令人驚訝嘅事，經過細心梳理之後，佢哋嘅模式逐漸浮現：變臉。大部分人喺車廂內外，係兩副唔同嘅嘴臉，甚至喺某啲同行乘客落車之後，嘴臉會二度變面，邊個話香港無好演員？車門開合間，由光明嘅街道進入幽暗嘅車廂，就可以由奴隸變皇帝，慈父變豆腐；女醫生嘅現任隨時被捨棄，阿媽未死間屋都要賣；更遑論堅強變得脆弱，柔情變得狠心，空無一人嘅車廂，就係最盡情嘅異次元空間，丟棄現實，恢復自我。

一百部車就有四百個司機，正早夜，替早夜，所以乘客每次搭的士遇到嘅待遇都唔太一樣；反之司機見嘅乘客差異就更大。讀萬卷書不如行萬里路，行萬里路不如見萬個人，揸多一年的士，萬里路取巧地用的士行咗，更重要嘅係見多好多唔同嘅人。有時喺我哋認知中理所當然嘅事，換個角度就係另一個人眼中不可思議嘅事，要做到將心比己，先要了解人哋嘅思維點運作，同理心之所以知易行難，就係因為我哋認知嘅嘢太狹窄。

各位乘客，歡迎你哋登上呢部車，去睇下唔同人唔同嘅角度。喺呢本書入面，所有內容都係從未曝光，對於睇開我 Facebook Page 嘅讀者嚟講，呢本書都會係新鮮嘅體驗。本來我嘅認知入面，新書內容必然係從未曝光，所以第一集無強調呢樣嘢，後來發現將舊作品集腋成裘，都能夠為廣大讀者接受，畢竟網絡太大，一個 Facebook Page 太渺小，對唔少人嚟講，舊作集錄都係未曝光嘅內容。但暫時，喺可見嘅將來，實體版紅的同網絡版紅的，都係截然不同嘅兩回事，就好似孖生兄弟咁既相似又不同。

　　最後繼續多謝出版社，多謝各位讀者，有你哋嘅支持，先可以有呢本書嘅出現，至於有無下一本，就要睇今次嘅成績喇。有人問我有無咁多嘢寫，我嘅答案係咁：「人生不盡，的士裡的事就講唔完。」

白告

目錄 Contents

Every Secret	Priceless
Every Relationship	Irreplaceable

我的你的紅的 2

TAXI

每個秘密	無價
每段關係	不可取替

目錄 Contents

Every Secret	Priceless
Every Relationship	Irreplaceable

我的你的紅的 2

個秘密		無價
段關係		不可取替

TOTAL FARE :

TAXI
我的你的紅的
2

TAXI NO.   TAXI
SURCHARGE HK$0.00
TOTAL KM   1.00
TOTAL FARE 癌。碩

的士
TAXI

　　五點鐘喺沙田開工後即刻有客出尖沙嘴係幾開心,但一落客就有啲徬徨,心諗:「咁早出到嚟,邊有人喺尖沙嘴搭的士㗎?」各主要道路塞滿車,唯有兜入啲小路睇睇,果然有客上車,去何文田附近嘅一個屋苑。

　　一轉出漆咸道,鋪天蓋地嘅尾燈,為漫長嘅黑夜亮起了序幕。

　　就喺我都適時扭開車頭燈嘅時候,女乘客忽然戰戰兢兢咁開口:
「Er……師傅呀?可唔可以載我去最近有廁所嘅地方呀?或者你就咁放低我都 OK,我會畀錢你㗎。」

　　雖然我明白人有三急係會幾難忍,但係咁大個人,唔會上車前去定先?再者,尖沙咀去何文田都係三個字車程左右,最接近而又有乾淨廁所嘅地方,咪就係乘客屋企囉。我將呢個分析如實同乘客講,等佢決定,佢都覺得盡快返屋企就最好,可能為咗令我安心,佢講咗句令我無法安心嘅說話:
「咁照去啦,唔緊要,真係忍唔到我都有膠袋。」

　　膠袋?開細邊用得着膠袋,開大點可能喺車度用膠袋?硬

嘢都叫做一條條，如果係近水狀嘅屎⋯⋯霎時間我腦入面爆發出一個又一個問號，為避免交通意外，我唔敢再設想的士車廂內用膠袋開大嘅畫面，一邊開車一邊裝作輕鬆咁問：
「你準備咗膠袋？你個肚長期唔舒服喫？」
「算係啦，唔使驚呀，我應該都忍到嘅，估唔到咁快有感覺啫，啲藥係咁。」

我知道自己見識有限，完全諗唔到瀉藥以外，能夠促進排便嘅藥物仲可以係乜，但直覺估計無咁簡單。

「哦⋯⋯咁希望你早日康復啦，聽落好似幾辛苦，係咩藥喇喫？」

最後嘅問題我特登壓低聲線，如果佢唔想答大可以扮聽唔到。

短暫嘅沉默後，乘客平靜咁回答：
「醫癌症喫。」

癌症？呢個成日聽到但係又好少咁近距離聽到嘅詞彙，比喺車大便更令人吃驚。

腦部迅速運轉，希望諗到一個得體啲嘅回應：
「Er⋯⋯你無事呀？今時今日應該係有得醫？」

我無講話我聽過邊個邊個有咩咩癌症然後醫返，一來人人病情唔同不能作準，二來好似抽水咁於事無補，都係平實而略帶距離咁關心最理想。

「有得醫，好在我早發現咋，不過啲藥就好貴囉。」
「政府無醫療補貼嘅咩？」

雖然我都明知答案，但忍唔住一問，究竟政府會唔會破天荒有利民紓困嘅政策。

「政府？有呀，等半年就有藥。」忽然之間，乘客嘅悲憤化為力量，聲線倏地提高。

「半年？等多半年……」

就喺我組織緊有無比「等多半年都死咗」更好嘅表達方式時，乘客已經接落去講：
「命都無啦，點等佢，所以貴啲都要睇私家。」

究竟有幾貴？原來打一針藥要萬幾蚊，一個療程動輒近六位數字，但正如乘客所言，「錢放喺生命上面，邊有得計？」六位數字對於你同我當然係幾大嘅金額，唔知道如果唔起高鐵、唔起港珠澳大橋，呢筆錢可以買到幾多劑藥呢？

　　有時候會諗，如果自己患上絕症時，會唔會崩潰直到終結，見到這位乘客後，先知道咁諗係幾咁幼稚。一切都出於另一個問題：

「睇醫生都要咁夜先有得睇呀？」

「唔係，我放工之後先過嚟㗎，好彩醫生等埋我，老細都好好人準時放我走。」

　　咩話？乜癌症同返工可以並存嘅咩？

「病到咁都要返工？」

「就係有病先更加要返工，唔係邊有錢買藥。起初都好灰㗎，問題係灰唔會對病情有幫助，公司好人畀我放假，所以都係返返工好啲。」

　　乘客異常鎮定咁講，呢個異常係相對於我而言，因為當時嘅我依然處於震驚尚未復原狀態當中。

「咁你公司都幾好喎。」

「係呀，仲調啲無咁辛苦嘅 Job 畀我跟，始終患難先見真情，平時佢好刻薄㗎，批多日假都黑面㗎，哈哈。」

　　乘客嘅笑聲一啲都唔勉強，原來喺相當嘅失落之中，都唔一定一片黑暗。

「咁你都幾多貴人，又咁早發現到，係咪年年驗身呀？」

　　見乘客咁開懷，我都放鬆心情，唔使好似驚乘客隨時暴斃咁，諗起都唔自然又唔尊重。

「冇有咁好年年驗身，我係有次肚痛，醫生覺得唔對路要我去照下，先發現原來中咗，佢就真係貴人喇。」

「咁都幾難得喎。」

「係呀，佢話好多人都係去到好後期先發現到，所以佢見有類似症狀就叫我去照，寧願照完無事，都好過太遲先知。我都唔知好彩定唔好彩，俾我咁早發現。」

　　真係無法想像，如果我係佢會點，會唔會寧願知道時已經時日無多，唔使受無窮無盡嘅折磨呢？點都好，當真係面對絕境時，最重要一定係心態樂觀，更勝任何藥物。

「你下次真係要諗清楚呀。」一個不施脂粉，但仍不失俏麗嘅女人，對住另一個陀住籃球咁大個肚嘅女人講。

「唉，當時邊諗到咁多吖，咁去旅行梗係會做㗎啦。」語氣中嘅無可奈何，連前座嘅我都深深感受到。

醫院一直係乘客流轉量幾高嘅地方，醫生護士會搭車、病人家屬會搭車、病人自己出去偷食嘢偷玩，更加係一出醫院就跳上的士。多數探完病喺醫院上車嘅都去得唔遠，抱住 BB 嘅就更加（除咗貴到喊嘅私家醫院）。呢兩個女人一個大肚、一個抱住個唔細嘅 BB，睇怕都唔會係員工啩，又無着病人衫，最大機會就係陪好姊妹做產前檢查喇。

抱 B 女人繼續發表偉論：
「而家你預產期十月，真係好蝕底，一到報幼稚園嗰陣你就知。我個仔八月出世，歲半就畀佢上 N 班，唔係邊過到 Interview，你個 B 十月先出世，好多幼稚園連 Form 都唔收㗎。」

面對一個接一個嘅難關，陀 B 女人明知不能避免，無奈中亦只可以堅強：
「咁都無辦法啦，預產期九月就話催生啫，十月無得諗，唯有

報多啲 N 班、Playgroup 囉。」

　　聽到呢度總算明白佢哋一上車嘅時候討論緊啲咩，原來「製造日期」都令時下嘅母親幾困擾。

　　抱 B 女人意見多多：
「係呀，你一定要帶佢去多啲活動，填滿個 Portfolio，學下社交技巧，咁先交到 Form，同埋等佢而試嗰陣表現好啲。你自己都要做足功課㗎，老師會問你嘢㗎。」

　　就咁聽呢句以為係講緊一歲或以上嘅 BB，實際上對話中嘅「佢」其實仲未出世，古有指腹為婚，今有指腹選校，都係一樣咁腹黑。

　　陀 B 女人唯唯以應，畢竟同未出世嘅 BB 講報名讀書，叻唔叻反應快唔快等初始能力全部係未知數，點 Plan 得咁多。

　　反而佢反問抱 B 女人嘅問題又幾特別幾實在：
「咁你又話生多個，真係三月四月先做，唔得就用返套呀？」
「我淨係二月做咋，跟住就等到五月先開工，我唔想個仔係水瓶座或者雙魚座囉。」

　　抱 B 女人提出另一層顧慮——星座。記憶中篤信星座都係廿零歲港女嘅玩意，讀大學時最多，驀然驚覺，原來讀書時嘅

迷信港女，都已為人婦，甚至已為人母了。

「咁又係喎！雙魚真係好麻煩，大個都成日喊，BB 嗰陣一定淨係識喊啦。水瓶你唔係都啱咩，你嗰幾個前度咩嚟？好似都係水瓶喋？」

　　一講到星座話題，兩女嘅態度忽然年輕幾年。

　　抱 B 女人都決定生第二胎，面對好朋友問及前度，面不改色咁答：
「就係一齊過先知呢個星座嘅人有幾奇怪，拍下拖都 OK，結婚我都唔揀佢哋啦，點會想我個仔好似佢哋咁。」

「但係又要年頭生喎，咁你想佢咩星座？」
「最好就金牛啦，所以我呢排好忙喋，隔幾晚就嚟喋喇。」

　　跟住一大段路程，佢哋就討論白羊、金牛、雙子嘅性格，作為子女嘅利弊，總括嚟講，抱 B 女人就覺得金牛慳錢嘅性格，無論係仔定女都唔錯；白羊太衝動，如果男仔好難湊；雙子太難預測，如果係女仔都唔知點養，對話中提及另一個勁八婆又討厭嘅同學，令佢哋深深咁將雙子女同八婆劃上等號。食花生嘅我就覺得個個星座嘅男女都各有好壞處喋啦，觀乎母親嘅質素，佢哋嘅子女都好可能成為好迷信好主觀嘅人。

講講下，陀 B 女人又有另一層顧慮：

「咁我大女係天秤都唔錯吖，同我應該會幾夾，係讀書麻煩啲啫，下個呢？我同雙子、金牛、水瓶嗰啲全部都唔夾喎。」

竟然同年頭大部分星座都唔夾？會唔會係呢位太太性格有問題，唔關星座事呢？

「咦又係喎，如果同仔仔唔夾都幾麻煩，一係照生細 B，遲一年入學做超大 B 啦。」做足資料搜集嘅抱 B 女人，又提出另一建議。

「超大 B ？」陀 B 女人語帶疑問，我都疑惑中，唔通 BB 仔遲入學會變大？

「係呀，假設你個仔十二月出世，咁足齡先入學咪插班做細 B 嘅，如果遲一年先入學，咪調返轉大過其他小朋友，做超大 B 囉。」抱 B 女人深入淺出嘅解釋，蘊含合理論據，同頭先講星座個神婆樣真係判若兩人。

「咁超大 B 都幾着數喎，不如我呢個都做超大 B 啦。」陀 B 女人馬上諗到嘅，當然係迫在眉睫嗰胎啦。

點知抱 B 女人就唔係咁認為：

「咁又唔好，遲一年好麻煩㗎，小朋友讀書梗係愈快愈好啦，如果係男仔都好啲，如果係女仔，唔通你想佢讀書嗰陣大過晒啲男同學，等佢無人要咩。」

「仲好啦，咁快拍拖咪盞好似我咁做賤人磁石，寧願佢姊弟戀或者讀 U 先有拖拍啦。」陀 B 女人當年嘅傷痕應該幾深，深到連個仔女都未出世，已經擔心緊佢哋戀愛運嘅地步。

　　各位未出世嘅 BB，從幼稚園足齡與否嘅擔憂，到星座性格嘅好壞，乃至將來讀書時嘅戀愛運，無微不至嘅媽媽已經幫你一一安排好，咁極致嘅安排，諗起都覺得恐怖。究竟小朋友應該係情到濃時嘅結晶品，定係千算萬算下嘅投資產品呢？

絕少喺殯儀館門口等客，始終係生命最後一站，唔會想逗留喺度。但係適逢落客後有人即上，我當然唔會拒絕嘅，最多仔細打量睇下有無腳⋯⋯

　　上車嘅兩位兄台身穿黑色西裝，典型喪服打扮，一上車講完去 MegaBox 就揮手講：「Bye Bye 喇阿然，我哋會幫你祝福阿君㗎喇。」

　「Bye 咩啫？可能阿然想一齊去呢，係咪呀？」另一個乘客講。

　　我心諗，唔係咁玩我呀大佬，阿然哥你部黑色專車泊咗喺後面喎。

　「你估阿然會唔會去？」
　「梗係會啦，六兄弟一條心呀。」
　「咁不如叫埋阿然上車啦。阿然，行喇，一陣再返嚟啦。」

　　咩話？上埋車？心理作用之下，車廂氣溫都跌咗少少，攞命嘅係兩個乘客同阿然講嘢：
　「一陣你唔好嚇親阿君老婆呀，人哋無我哋咁癲㗎。」
　「阿然，你坐第五圍呀，男家嗰邊，到時嘉嘉會喺度，你坐喺

佢隔籬啦，我哋有嘢要幫手，盡量會返嚟陪你嘅。」

「我哋影相時，你自己攝出嚟啦，唔叫你喇⋯⋯」

　　喺佢哋同阿然講座位安排時，聲音已經唔係順利咁喺喉嚨吐出，講到影相時，眼淚更加唔受控制。平時愈受控嘅嘢一旦失控，如果想重新控制會比平時唔太受控嘅嘢更困難，例如話男人嘅淚水。男人同淚水好少同場出現，一旦出現，仲嚴重過黃河缺堤。一時間，車廂入面哭聲震天，搞到我都手忙腳亂，女人喊就話遞紙巾，男人喊要遞啤酒先得。

　　要令男人收眼淚，只有現實。唔可以喊嘅時候，就唔會喊。一出舊機場隧道，兩個乘客斷斷續續咁收咗聲。

「我哋夾一夾，唔好到時俾阿君媽知，你知老人家好迷信㗎。」
「我覺得瞞唔到阿君媽，我哋咁 Friend，連 David 喺德國咁多年都返嚟啦，阿然唔去點可能呀？」

「瞞唔瞞到都唔理啦，總之我哋今晚跟返計劃做，唉，好多嘢都唔到我哋控制㗎嘛。」

「都係嘅，我仲諗住隔咗十年終於等到 David 返嚟，十年前影完畢業禮版，十年後可以再影多六張六兄弟一條心婚禮版，點知以後都無得再影。」唓噓唔一定要有冉冉上升嘅煙圈，寒冷

車廂中孤獨一句，都能夠令旁人感到唏噓。

「開心啲啦，今日阿君大喜日子，阿然都唔想我哋咁嘅，過多幾十年先再聚會囉。」

　　擦乾眼淚之後，佢哋落車前除低黑色外套，露出裡面嘅同色西裝馬甲，兩個人昂首快步咁走入商場，我彷彿見到佢哋身邊仲有另一個人影一齊上去。

　　一班朋友，讀書時代畢業禮嘅合照係最齊人，下一次再齊人就要數到婚禮，逐個兄弟送出去，逐個姐妹嫁出去，然後各有各嘅家庭，各有各嘅忙碌，再齊人可能已經係喪禮，唔齊人嘅齊聚，就喺人生呢三場典禮入面。唔知睇緊書嘅你，經歷緊人生邊場典禮呢？

雖說香港停車場嚴重不足，不過只要你有錢，就算喺香港心臟地帶，要搵個車位都唔係咩難事。特別係過百萬嘅超級跑車，好多都隨便泊喺馬路邊，唔擔心會俾人偷走，對香港治安抱有高度信心，泊車費平均都係 $320，抵到爛。曾經我以為唯一嘅壞處，就係有人路過時會同部車台照，甚至有啲女人會挨住部唔屬於自己或男朋友嘅車搔首弄姿，如果我係車主就一定唔想部車俾人咁樣玩，可惜我唔係。除此之外，啲靚車泊喺街邊，仲有另一個被利用嘅情況。

　　話說喺柯士甸道一轉入山林道，上咗一對男女，男乘客衣着隨意，女嘅就隆重其事，鮮黃色嘅窄裙配以銀色高踭鞋，佢哋截車嘅時候，幾個路過嘅鬼佬都忍唔住再三回頭望。

「去你屋企？」男乘客問。

　　吓，又係未決定就截車？有理無理，上咗車就落旗先，費事唔記得。

「唔係去你度參觀咩？」女乘客略帶愕然咁講。

「下次先啦，我屋企呢幾日除蟲，我自己都唔喺嗰度瞓。去你

度啦，等我畀啲意見你點裝修，快啲同司機講去邊，唔好要人
哋等啦。」

溫柔而悅耳嘅男中音，我聽落都好舒服，女乘客更加無法
抗拒，講出位於九龍城嘅地址。

「係呢，你想我點叫你好？」男乘客問。

「識咗你幾個鐘都唔問人叫咩名，我叫 Samantha 呀，海哥。
係呢，你呢排搞緊咩工程呀？」地道嘅口音，天真嘅語氣，卻
有一張成熟嘅臉孔。

海哥摸一摸 Samantha 嘅頭髮，答：
「我休息咗好耐喇，之前孟公屋個大 Project 搞掂咗，都夠我
休息一段長時間。」

「係呀，咁係整咩㗎？」
「都搞咗好多嘢呀，又加閣樓又挖泳池，而家啲人真係好有錢
㗎。」

「佢哋有錢咪又畀你賺，真係好犀利呀你。」

說話間，已轉入金巴利道，違泊兩旁嘅靚車迫使的士要喺
路中心上落客，難免要開開停停。

「無辦法啦，咁我啲 Staff 有料到嘛。呢，我部車咪泊呢度囉，不過飲咗酒，唔揸住喇。」

海哥指住路邊部 Mustang 講，走馬看花睇唔清係邊個型號，但 Mustang 至少都六十萬起跳，果然人不可以貌相，點估到一身 Polo 牛仔褲嘅海哥原來係工程界之星呢？

「海哥你成日揸車四圍去㗎？」Samantha 繼續問問題。

「梗係啦。」海哥誇張咁一拍自己大髀，「首先我做嘢已經要揸車，同埋我成日去旅行，去到外國都要揸車㗎，方便好多。」

跟住海哥就不停講述自己以前橫掃歐洲嘅威水史，講到我都心癢癢想嚟個歐洲自駕遊，可惜，理智話畀我知，絕對無錢做啲咁奢侈嘅活動。

「頭先支酒你覺得點？」海哥問 Samantha。

Samantha 表示自己唔太識分之後，俾海哥嘮叨咁教訓：「咁就唔得喇，你做地產少不免同人應酬，點可以唔識分㗎！就算係唔熟，至少都有一兩種酒係你特別了解嘅，咁樣啲男人先覺得你有品味。」

　　海哥咁講又幾有道理，出嚟應酬個個都鬥充大頭，扮有錢扮有學識扮有品味，呢啲知識真係唔少得。

　　接住落嚟佢哋傾下旅行又講下醫療，就係無談及雙方嘅私人生活，海哥嘅吹水能力真係好值得我學習，一路上都絕無冷場，我坐喺司機位都吸收到唔少學問，Samantha 持續嘅讚嘆，就好似 Facebook 直播界心心咁，一個接一個咁彈出嚟。

　　臨近目的地，海哥忽然示意我喺附近嘅便利店停車，Samantha 問出我心中嘅疑問：
「做咩喺度停呀？」
「梗係去買啲嘢先啦，我銀包漏咗喺車度，得張八達通，你畀住的士錢先啦。」

　　講完海哥就落車入咗便利店，我找完錢畀 Samantha 後一望，海哥已經喺收銀處畀緊錢。

　　兜咗個圈，喺九龍城周圍都係空載的士，都係返返去尖沙嘴最實際。兜到金巴利道，忽然有人跳出車陣截車。拉開車門嘅乘客同企喺路旁嘅朋友傾計，我最怕呢啲，阻住後面真係唔係咁好。

「唔使喇，我自己返去得喇，真係呀。」

　　我轉身望向乘客，想叫佢一係快啲上車一係落車，一擰轉頭，就見到熟悉嘅 Mustang 線條，同喺司機位伸出頭來叫我個準乘客上佢車嘅司機。莫非佢係海哥個仔？

　　一輪擾攘後，乘客總算真正成為我嘅乘客。確認目的地後，第一時間當然係證實自己嘅疑問：

「部車幾靚喎，你朋友㗎？」

「吓，係呀。」

「你朋友都幾勁喎，咁後生就玩到呢啲車。」

「嗶，佢賣樓㗎，一嘢撞中個好客，Boom！咪掂咗囉⋯⋯」

　　證實咗部車唔係屬於海哥，或海哥個仔之後，呢個乘客就滔滔不絕咁講賣樓有幾正，我隨口敷衍，一邊思索，究竟海哥講嘅嘢入面，有幾多會係謊言？而 Samantha 又信咗幾多成？

第一集可以喺《我的你的紅的》睇返。

五點幾交更嘅時候，都會同其他師兄傾下計，話題主要都係圍繞開工嘅軼事，因爲早夜更嘅人客真係分別好大，早更個個都趕趕趕，夜更好多都神智不清。

有次早更朋友就呻交更前一個鐘無咩嘢做：
「以前仲可以做下啲學生放學旗，而家我哋交完更佢哋都未返屋企。」

確實，我擺車都五點，以前除非罰留堂，一般都好少咁夜都未走。時代轉變，五六點先搭的士轉場去第二個地方補習嘅，其實大有人在，係送我離開沙田嘅主力之一。

就喺河畔花園一帶，一個中老年女人帶住個初中生出現，高舉住手袋截車，女人嘅年齡真係好難單憑外貌判斷，反而衣服飾物提供更大嘅線索。初中生無論神情同身型都係小學雞，身上嘅校服燙貼筆直，對長褲唔太習慣咁樣。一身街坊 Look 去彌敦道旺角一帶，真係永遠都估唔到乘客嘅需要。

「天氣涼呀，你做乜唔戴頸巾呀？」老女人語重深長咁講。

「媽咪話唔使住喎，有冷衫都夠喇嫲嫲。」

　　初中生嘅回應令我明白到，呢個睇落較年輕嘅老女人，輩份比我想像中更高。

「又媽咪話，你係咪升中學大個咗，淨係聽媽咪話唔聽嫲嫲話喇？」

　　嫲嫲講嘅時聲音不高，但係依然滲出淡淡嘅寒意，好似女朋友話批准你去見第二個女仔咁。

　　初中生雖然脫離小學雞嘅行列未久，不過應付女人爭寵似乎並不生疏：
「唔會啦，我一直都最聽嫲嫲話㗎，你知㗎。」

　　投懷送抱式撒嬌技能發動後，嫲嫲嘅醋意似乎平息咗。

「你哋係去彌敦道邊度？我喺邊邊界你哋落車方便？」喺排隊界隧道錢嘅時候，我問定佢哋，方便確認路線。

　　嫲嫲問孫仔：
「你係去邊度補習呀？」
「我識去唔識講喎，司機哥哥你去信和附近停就得，我哋過條馬路就到。」

都幾好呀，特登兜過去對面線就比較麻煩，又遠咗又塞車，難得小朋友明白事理。

「你哋上次都係自己過馬路㗎？咁蠢嘅？又係你媽咪叫㗎啦？」

嫲嫲連環三擊，既打擊媽媽嘅威信，更大鑊係打亂我嘅部署。

果然，不祥嘅預感應驗，喺初中生表明上次係媽媽話事之後，嫲嫲就馬上提高聲調：
「搭得的士梗係去正門啦，司機，你同我兜去信和對面街啦。真係嘅，你阿媽先會咁蠢要自己行。」

聽到咁強硬嘅理由，我都懶得同佢解釋上海街可能比彌敦道更塞車，快快手做埋佢算，好在兩個行法都唔差得遠。

可惜，天有不測風雲，兩個大意司機嘅輕微碰撞，令我哋被困上海街。雖然未至於停頓，不過唔知幾時先到達嘅焦躁，喺不知不覺間瀰漫整個車廂。被震天嘅響號聲包圍，我忍唔住伸手向軚盤中央，準備加入響號樂隊嘅行列。就喺我發力之前，嫲嫲已經率先問我「可唔可以而家落車」，我縮返手心諗：如果唔係你為咗鬥氣要兜去正門，你哋已經喺對面馬路落咗車啦，要去正門唔係唔得，咁你見到塞車就自己落車走咗去，任由司機自行承擔塞車嘅苦果？有無咁缺德呀？

「唔得呀,我哋喺中線,唔可以落車㗎,同埋搭得的士就去正門啦,唔爭好耐啫。」壓下因塞車而來嘅焦躁,我不慌不忙咁答。

「唔怕啦,哥哥你揸埋一邊,停到就畀我哋落啦。」初中生講。

咁合情合理嘅方法,要拒絕真係唔容易,所以我索性唔拒絕:
「無問題,咁你都諗到嘅?梗係媽咪教過你咁講啦。」

十分鐘之後,正門在望。呢個時候,已經聽到數銀紙同攞銀仔嘅聲音,係一程車入面最動聽嘅聲音。

「你唔好畀,嫲嫲有錢。」
「我出嚟補習,應該自己畀啦。」
「你邊有錢呀,咪又係零用錢,得啦,嫲嫲請你搭車啦。」

基於就到目的地,我必須盡快中斷呢場爭執:
「嫲嫲話請你就唔好推啦。」

本來想加多句「媽咪畀你啲錢就袋好」,但避免橫生枝節,都係少說話多做事。

乘客落車之後我再細細打量,嫲嫲唔係白髮駝背,但睇外

表絕對唔會覺得佢已經有個孫，仲要咁大個。呢場兩個女人間嘅暗戰睇怕已經持續咗好耐，我比較好奇夾喺中間嘅孫仔點諗呢？係偏愛某一個，定見風轉舵好啲呢？我諗呢個問題，只有佢老豆可以教佢答案。

TAXI NO. TAXI
SURCHARGE HK$0.00
TOTAL KM 6.00
TOTAL FARE 做業主
其實唔難

的士
TAXI

深夜喺條街上面游弋，雙眼就好似探射燈咁打量途人，判斷佢哋成為乘客嘅可能性，就算唔中都無咩損失。當你無聊到雙眼自動追蹤街上每一樣移動物體，會發現香港比想像中大。就算喺兩棟大廈之間嘅陋巷，都會有老鼠以外嘅生物出沒。

搖搖晃晃咁喺後巷行出嚟嘅係一男一女，男嘅白髮蒼蒼，扣埋領口鈕嘅 Polo Shirt，配條懶係年輕嘅牛仔褲，可惜喺酒醉嘅情況下依然將衫尾緊緊塞喺褲頭內，暴露咗佢絕不年輕；反之，佢攬住個女人就後生得多，戴住一副略大嘅黑色膠框眼鏡，背心熱褲加件長及膝嘅薄紗外套，仲要戴頂 Cap 帽㖭，露趾羅馬鞋個底薄過紙，微微彎住腰但係依然比男伴略高，有啲差異真係點變都變唔到，無論係高度定年齡都係。

企喺巷仔出口，男嘅指一指我，女嘅搖一搖頭，再指再搖再嘴啖，兩雙腳最終都係指向車門方向。一如預期係兩個目的地，先去三十幾蚊嘅附近，再去近二百蚊嘅最終目的地，一邊暗爽一邊開車。預想中嘅纏綿情節並無出現，男人只係炫耀一下上個月公司業績，同叫女人快啲讀埋個美容證書課程，咁就可以去佢公司幫手，「有個熟人睇住，我會安心啲。」男人臨落車再叮囑女人返到去唔使搵佢，然後兩唇嚟個蜻蜓點水就各行各路。

　　同女乘客確認多次係去荃景圍之後，就繼續上路。由於對美容業無咩認知，所以由問有關課程開始，就咁就打開咗話題。坦白講，我一直以為所謂美容都係幫人捽下塊面，問落先知仲包括整指甲、化妝、學下香薰種類、了解下皮膚特質，仲有國際認可嘅文憑㖭，真係咩行業都有佢嘅專業。如數家珍咁介紹完美容課程有咩學之後，我就八卦下女乘客學咗邊樣啦。

　　點知乘客用廣東話去讀普通話：
「我太懶喇，始終都提不起勁去讀。」

　　我諗咗一諗先明，講咁耐原來無讀過，即係吹水啦。

「咁你咪幫唔到嗰位先生囉。」
「他講下啫，邊需要我幫忙呀。」

　　女乘客真係幾健談，滔滔不絕咁講白頭佬嘅故事：白頭佬係專科醫生，早幾年就睇中醫學美容嘅商機，毅然放棄行醫改行開美容院，仲好搵過做醫生。買咗幾層樓收租，美容院生意無咩大意外嘅話都無咩問題。唯一遺憾係個仔喺英國做緊醫生，「怎麼勸也不回香港。」嘩，真係好遺憾呀……

「喺香港有樓收租唔使做都得啦。」

　　我自我感嘆多於回應，香港人想買樓？腫瘤就有。

　　點知又引來健談嘅乘客回應：

「對呀，他買咗兩層樓給我，一層自己住一層收租，你說我邊有動力去上學吖。」

　　好彩我仲未有腫瘤，否則聽到咁嘅說話真係分分鐘爆。以為業主呢個身份距離好遠，點知身後隨時載住幾個。

「咁佢對你都幾好喎。」我試圖探聽下佢哋嘅關係。

「對呀，他是一個好人，我哋認識咗好多年喇，咁佢話要照顧我，咪買層樓給我，他份人真係好好，就算好忙都會上來探望我。他好慘㗎，老婆很兇惡，經常唔留情面咁鬧佢，唉，男人點可以唔畀面子佢呢。我落咗嚟十幾年，佢老婆都無改過，所以他先成日上班，又去打理買樓租樓嘅嘢。」

　　喺乘客嘅話語間，一個俾人鬧到灰而醉心於工作與第二段感情嘅老醫生，逐漸喺我腦中成形。

「原來你哋係互相對大家好好。」

　　我唔知佢哋關係去到咩階段，小心翼翼應一句就算。

「他對我好多了，知道我有困難就幫我，我在內地嘅媽媽都是靠他照顧，我很感激他。」

　　有時候感情嘅誕生就係如此純粹，一個業主嘅出現就係咁簡單。

　　畀錢嘅時候乘客要求着燈搵錢，細睇之下，發現大大嘅黑色膠框眼鏡已經遮唔住眼尾嘅皺紋，至少都四十幾，幾十歲嚟扮可愛，不過仍然令老醫生受落，得以擠身業主之列，以香港嘅資歷架構嚟講，都算係最上層喇。

唔少夫婦都避免喺子女面前爭論，特別係有關子女嘅爭論，更加唔會喺子女面前提，可能亦都唔好意思將家事見於人前，所以就把握喺車廂嘅時間，處理好一切糾紛，例如以下呢對父母。

　　晚上九點幾，喺其他地區可能啱啱 OT 完，但喺中環商貿區可能只係正常收工時間。求其喺的士站抽獎，抽中去將軍澳，都算唔錯。本來想問下食咗飯未之類，但女乘客一開口我就開不了口。

「係咪考完八級就唔畀 Florence 繼續上吖？而家我哋無錢咩？」

　　女人高八度，男人咪再嘈，我作為旁觀者，插嘴無疑係自挖墳墓。

　　男乘客尚未回應，女乘客已經繼續炮轟：
「之前水墨畫班你已經停咗佢㗎喇，鋼琴一定唔可以停。」

　　男乘客或者慣於喺公司發號施令，喺車廂入面都只可以係一隻小鵪鶉：
「唔係錢嘅問題，但係你有無問過 Florence 想唔想學先？我見

佢彈得唔係好開心咁。考到八級都夠考中學啦，仲學嚟做咩？」

「你識咩吖，總之 Florence 上咩興趣班就由我負責，我夠知佢唔鍾意啦，咁點啫？個個同學都一音一體一藝喫啦，佢唔鍾意水墨畫停咗，OK，但鋼琴一定唔可以停，之後仲要考 Trinity Guildhall 嚟呀，唔係點同人比？都唔知咁樣夠唔夠教琴。」

音一體一藝真係聽到都覺得驚，學咁多都唔見得學得專業，不如爸爸媽媽留低一樓一舖一公司，對子女嚟講更加實際。

男乘客白旗高舉：
「得喇得喇，咁我叫佢繼續上啦，係咪同佢講個個都識，佢唔識就好垃圾？我講返上次炒咗個唔識剪片嘅 Graphic Designer 嗰件事囉，仲有咩 Point 呀？」

「仲有呀，鋼琴係人人都考到八級喫，我哋嗰陣又係蠢嘅，應該學埋管弦樂先有用。好彩唔係個個都考 Trinity，考到上去仲可以要嚟搵食。記得呀，我講咩都好你都要堅持住迫佢呀，唔係佢唔肯上喫。」

短短幾句話，女乘客已安排好劇本，預備好演員，去編寫女兒嘅命運。車廂恢復應有嘅寧靜，從倒後鏡睇兩個漂浮嘅人頭，似乎各自各玩緊手機。

離開東隧之後，男乘客忽然講：
「Ryan Share 咗個 STEM 班＊畀我，教整機械人嘅，好似都幾得意，不如叫 Florence 上埋？」

男乘客可能諗住投其所好，點知踩中地雷：
「啲 STEM 班又無證書又無得考級，錢多都唔係咁㗎喎，一陣又俾人話 Florence 童年唔快樂㗎喇。」

嘩，呢位女乘客學過讀心㗎？佢點知我默默為 Florence 嘅人生默哀緊㗎。機械人班呢啲咁好玩嘅嘢，就係因為無得考級而被剔除，顯然易見，呢位母親為子女報班嘅動機，就係不斷咁升級，唔講仲以為係打機，廢嘅技能就完全唞棄，只保留時間心力去鍛鍊幫助升 Level 嘅技，實在係一場不可逆轉嘅遊戲。

話題打開，女乘客繼續講：
「你知唔知呀，我哋公司成班媽咪呀，都話唔會迫仔女唔會要佢哋學咁多嘢，跟住呢，你知唔知呀，成班細路咪又係琴棋書畫樣樣都識，仲學啲好偏門㗎，十足十讀書嗰陣個個都話唔溫書，咪又係個個晚晚溫。」

呢個現象又係幾搞笑，我都諗咗好耐，今時今日嘅小學生家長正常都已經係八十後，即係互聯網嘅一代，無理由無聽過「怪獸家長」嘅現象，又明明大家意見好一致咁反對過度催谷，點解仲係咁多怪獸家長呢？原來唔少都係網上鬧人自己照報

名。其實都唔意外，囍帖街咁多人反對重建，大月球一出咪又係爭相去打卡，香港人口裡說不，身體總是很誠實。

好快就到咗將軍澳，臨到屋苑附近先話要多加一站，同時致電爺爺帶 Florence 落樓。貌似小學高年級嘅 Florence 一上車，媽咪已經急不及待讚賞 Florence 鋼琴考到八級，之後男乘客自動自覺接對白：

「不過咁都唔夠㗎，休息一排就要繼續準備考」大。」

聽到預定嘅劇本，我無咩感覺，只係忙於減慢車速，避開喺新式迴旋處出口硬 Cut 入內圈嘅 Tesla。Florence 都無咩反應，只係「哦」一聲然後交代返今日已經完成咗十七項功課，我開工一晚都唔一定載到十七程，真係後生可畏。

剩餘嘅路途中，女乘客不停查問個女嘅學習情況，不停為個女嘅辛苦搖頭嘆息，諗返起佢堅持要爸爸報鋼琴考試嘅決絕，不禁懷疑佢係咪當自己演緊戲，戲名當然係《鋼琴戰曲》。

---

*STEM 班指以科學、科技、工程、數學（Science、Technology、Engineering、Mathematics）為主的興趣班。

一般來說，由朋友扶住嘅，行路企唔穩嘅，總之明顯飲醉酒嘅乘客，通常都會當時運高睇唔到，免得有更大嘅不幸。例外唔係無，有時候乘客目光好殷切，或者好似今次咁，一個女仔頂住另一個女仔，加上當夜收入不如理想，本住「女仔無男人咁恐怖」嘅天真主觀願望，鬼使神差咁停咗車。

清醒姐好吃力咁雙手穿過醉酒姐腋下，半抬半推咁將自己同醉酒姐移出馬路，我唯一可以做嘅就係用手掣打開車門，同提醒清醒姐搬屍時小心唔好撞親頭。醉酒姐都唔係完全無反應，識得幫手扶住車門……

「我仲想飲呀。」噢，原來係捉住車門想落車。

「乖啦，我哋搭車返去再飲過。」連拐帶騙之下，終於將醉酒姐搬上車。

「我哋去邊飲呀？」通常講得出呢句，個人都輕微失控。

清醒姐似乎係老手：
「返屋企再飲啦。」
「返屋企？我哋去買酒先啦，可唔可以？」
「唔好再飲喇，佢唔值得你咁樣㗎，唔好再諗住佢喇。」

　　原來又係失戀嘅悲憤乘客，佢哋已經係夜更的士司機必定載到嘅一種人。

　　醉酒姐忽然字正腔圓：
「我同佢都無關係，我無諗住佢呀。」

　　咁咪幾好，我心諗，能夠喺失戀嘅打擊中清醒返係好事，點知佢不停重複呢句說話達五次之多，令我覺得要重新評估佢嘅清醒程度。清醒姐應該都係咁諗：
「你係至好講，我同你 Del 晒你哋啲 Contact、舊相啦。」

　　清醒姐應該用咗成晚勸醉酒姐一刀兩段，去到呢個半醉半醒嘅時刻，打鐵趁熱咁迫酒醒姐行最後一步。一講到要斷絕聯絡，醉酒姐嚇到清醒咗唔少。

「吓……」
「唔好吓喇，擺嚟啦。」
「嗱，我而家同你鏟咗佢電話，Block 埋佢 Instagram、We-Chat、Facebook，一陣再 Del 你哋啲舊相，咦，你電話 Log in 咗佢 Facebook 喍？」清醒姐忽地驚呼。

「佢有時無電會用我部機喍。」
「咁又唔同玩法喇，呢啲人唔可以就咁放過佢喍。」
「你想點玩呀？」

　　嘩，撇人哋之前竟然唔記得 Log out？呢位不知名嘅師兄真係好大意，好在事不關己，洗耳恭聽。

「睇咗佢有咩鎖咗嘅相簿先啦⋯⋯呢啲同前度嘅相你都由佢 Keep 住？仲幾個相簿咋呀？你都得㗎喇。」

「咁佢鎖咗我都唔知，嘩，咁多相嘅，佢明明話之前得兩個前度㗎？」

　　一睇到近在眼前嘅私密，醉酒姐逐漸變成酒醒姐。從連綿不絕嘅 Cap 圖聲判斷，呢位人兄好多舊照都俾人 Cap 低晒，災難級別無法估計，要視乎被撇嘅醉酒姐同佢朋友對男人嘅難忍程度。一個個計時炸彈設定完畢，就睇前女友幾時引爆。

「呢個係咪就係新嚟個八婆呀，狗男女。」一提及第三者，清醒姐嘅態度開始狂暴。

「係呀，就係呢條八婆喇。」醉酒姐之前嘅驚慌已經一掃而空，始終佢只係對前度仲有感情，對第三者唔太可能有好感。聽住兩個滿懷恨意嘅女人喺車尾討論點利用個 Facebook 帳號搞事，我感覺就好似載住兩個炸彈咁。

　　佢哋嘅方法幾有創意，除咗最簡單咁出 Post 話唔鍾意條女，仲諗住 PM 第三者講分手，不過呢個方法會即刻俾人知道

係假，所以被 Ban。又話出 Post 整個裸女相簿，等個第三者嫌棄，反正正常女人喺呢啲時刻都會寧可信其無，不過佢哋覺得會俾 Facebook 直接 Ban 帳號，咁以後就無得玩。

最變態係呢個，由醉酒姐自拍幾張三級相，用前度帳號出，或者 Send 俾前度嘅男性朋友，塑造前度變態兼嚟完唱嘅人格。我聽完覺得幾有用，呢個方法比第一個方法更有效，因為任何女人都先天性假設男人有呢方面嘅人格，水洗都難清，只係醉酒姐嘅犧牲都幾大，真係值得咁？最後呢個方法都 Ban 咗，唔係怕犧牲，而係佢哋認為第三者係賤女人，唔會介意呢樣嘢。

「唔好太誇張唔好太假……我諗到喇，」清醒姐一拍前排座椅，嚇我一跳，「一於用佢同前度嘅合照開個假帳號，然後扮係第三者去同條八婆講數啦，仲要唔好即刻，起碼忍一兩個月，Perfect 呀。」

跟住佢哋一本正經咁傾行動細節，內容好吹水 Feel 但係傾得好認真，認真到令我有一種涼浸浸嘅感覺。

分別喺兩個地方放低兩個炸彈之後，我立即改晒所有電子產品同社交平台帳號嘅密碼，有備無患。舊訊息應該刪走本來係自我平復嘅手段，嚟到數據足跡四散嘅今日，喺分手時刪走舊訊息舊帳號舊密碼，係必要嘅自我防衛手段。

的士
TAXI

　　夜晚十二點左右有一條界線，過咗呢條界線之後嘅人流會明顯減少，大量現代灰姑娘受困於尾班車的魔法，只有星期五先會打破規限。然而，的士乘客仍然存在，只係較少同難搵，好多司機會選擇捕住夜店，另外午夜場戲院散場、醫院、便利店、24 小時診所等等，都係值得的士司機投注時間嘅地方。特別係寵物診所，無養寵物嘅我估都估唔到咁多人夜晚帶寵物嚟睇醫生，加上 24 小時營業嘅動物診所唔多，乘客上車去嘅地方有時都唔近，仲有動物費收，簡直係司機福地。

　　話雖如此，就好似喺醫院上客咁，搵錢係開心，乘客上車時都係嚴肅應對較好，始終乘客上車時心情都唔會太愉快，乘客帶住病入膏肓嘅寵物上車時，笑到頒英勇勳章咁就涼薄啦。

　　今次運氣似乎唔錯，一開門，着住鬆身 Polo 嘅男主人問我大狗上唔上得車，停得喺度就預咗有寵物啦。揮手示意，主人就放隻金毛尋回犬上車，仲叫佢伏喺地毯，乖過小朋友。

「嘩，你隻金毛都幾大隻喎。」

　　我開始有少少後悔，畢竟咁大隻狗對行車安全真係會構成潛在危險。

主人一睇就睇穿我嘅心意，可能俾人歧視得多：

「佢係大隻，不過好乖㗎你唔使驚，你驚我幫佢戴返個口罩啦。試過有一次，我同佢搭車時撞車，佢都無咩大動作，仲識得黐住我睇下有無事。嗰次我嚇到瀨尿咁滯，佢屎都唔屙一粒出嚟，你話乖唔乖。」

乖，梗係乖，主人眼裡有咩寵物唔乖？正如情人眼裡無醜女一樣。

「咁夜睇醫生，無咩事吖嘛？」

坦白講相對於人，狗隻嘅健康我就唔太關心，只係咁夜喺診所走，恰當嘅關心係應有之義。

「無咩事，嘔啫，我頭先又唔喺屋企，驚佢食錯嘢中毒，你知啦，狗中毒可大可小㗎，照計觀察一日先，聽日睇都 OK 嘅，我擔心啫。」

無事就最好啦，如果隻狗喺車度嘔……我唔敢再想像落去。

同主人討論完一輪寵物醫療費用高昂同無咩監管嘅問題之後，佢忽然問我：

「司機，你都幾熟行情喎，有無養狗呀？」

熟係聽得多問得多啫，養狗喺香港真係高消費活動，邊度養得起。對一條生命負責唔係一件易事，負責好自己嗰部分已經耗盡每一分嘅機智。

一連串嘅感觸掠過腦海，化為簡單一句：
「無呀，有錢都留返第時養小朋友。」
「唔好！千祈唔好生小朋友呀，司機你未生呀？諗都唔好諗呀！」

咁激動？明明一直傾計都好地地，突然間就點咗火藥咁，我除咗問佢點解咁講都無咩嘢可以講。

「唔好呀，養狗好好多。生仔又貴又痛，又要供佢讀書，又怕佢學壞，又要驚佢無屋住，又要擔心呢樣擔心嗰樣。養狗就唔同，擔心嘅嘢少好多，雖然睇醫生係貴，但拉勻同小朋友其實差唔多。最重要係狗對你忠心，你對佢好，佢就一定會對你好，唔會出賣你，唔會要你無面見人。」

出賣？呢個詞語唔係夫妻之間先會用咩？父子都啱㗎？睇主人嘅年紀同語氣，似乎係五十幾歲，走到人生巔峰而未退休嗰啲，如果有仔女，最多都係同我咁上下年紀，由外表、目的地、金毛尋回犬，去推測主人嘅經濟狀況，又唔似係公司俾仔女食咗嗰種。

正當我以為主人唔想再講，諗緊好唔好追問，佢已經飲完

水繼續講：

「唉，我都唔怕講埋出嚟，我之前都有個仔嘅，枉我特登搬屋去太子，畀佢讀最好嘅學校，供佢去德國讀工程，佢居然同我講，同個男同學拍拖喎，你話係咪忤逆仔，係咪背叛我？」

吓，咁都算嘅話，呢個世界都幾多忤逆仔。坦白講，同性戀者確實載過、見過唔少，但同性戀者嘅父母真係好少見，估唔到可以咁深恨意，不過我哋要去錦繡花園，咁咪先過防大檔隧道，仲有近十分鐘路程，都係唔好直斥其非。

「都唔係嘅，我諗佢就算係 Gay 嘅，都唔會唔孝順你嘅。」

可惜，夏蟲必然不可語冰，個人價值觀實在不太可能扭轉，半百嘅人生觀要改變，絕非三言兩語能夠成功。

「男人同男人拍拖已經不孝啦，你叫我點同啲親戚講，好彩我老竇死得早，如果唔係俾佢知道要絕後，一定心臟病發。唔好生仔呀，呢一代無用㗎，你睇下狗仔乖幾多，起碼帶佢見人唔會失禮先啦。」

從主人嘅話語猜度，佢唔係唔錫佢個仔，付出同其他父親一樣多。一個由細養育到大、一直渴望佢成材嘅親生骨肉，係咪因為鍾意同性，就要同自己斷絕關係咁滯，就要將愛意完完

全全咁轉化成恨意呢？

「走喇鵬仔。」鵬仔好乖咁跟喺男主人後面落車，高服從性嘅寵物絕對比反叛嘅兒子要乖巧，只係父子關係點解會係主從關係呢？呢一點我諗極都唔明。

　　睇住男乘客充滿感情咁呼喚愛犬入大閘，唔知佢遠在德國嘅仔仔有無機會再入呢度閘呢？

路過尖沙咀某酒店，一個個圓潤光滑嘅膝頭，三三兩兩咁散落喺酒店大門周邊，佢哋嘅主人正喺度互道晚安。眼光向上移，薄薄嘅妝容加上玲瓏浮凸嘅身材，都無法掩飾眼神中嘅稚氣，即使腳踏三吋高踭鞋，手提淘寶名牌袋，亦於事無補。配合返七月份畢業季節，都幾肯定又係一年一度謝師宴嘅日子，學生未必有錢，但好多都好肯使錢，所以我決定停一停，睇下有無生意做。

　　無可否認，成大班十幾歲嘅女仔，個個短裙長腿企喺酒店門口傾計自拍係幾震撼嘅，唔單只我喺度望，喺酒店出嚟，同咁啱路過嘅西洋遊客，都俾香港女仔嘅驚艷震攝。終於等到有人上車，門一開，我有俾音波槍擊中嘅感覺。

「我哋返去喇。」
「行啦行啦。」
「你電話呢？」
「攞返啦又抽水。」

　　四個女仔未上車，我已經斷定唔可能係一轉安靜之旅。

「Er……點行呀？我唔識呀。」
「唔緊要啦，都差唔遠。」

「司機你去沙田先啦。」

　　就喺唔知道詳細目的地嘅情況下，我就載住四個女仔向沙田進發。

「而家無人啦，Flora 你可以講返佢單嘢啦，你點解覺得佢出軌呀？」

　　坐車頭嘅女仔叫宗我去沙田就擰轉身問，主導咗部車嘅方向同氣氛，成個大家姐咁。

　　講起出軌，Flora 即刻着火，而非傷心失望：
「仲有咩好講，我嗰次見佢電話呀，同叮叮講埋啲凍唔凍，返到屋企未，好似追我嗰陣咁呀，肯定有嘢啦。」

「咁唔使問啦，百分百有嘢。」另一個女仔即刻附和。

「咁你諗住點呀？同佢講分手？」大家姐再問。

　　仲要問？ Flora 都講到咁兇狠，唔係唔分手呀？

　　點知 Flora 未答，一直無出聲嘅女仔突然細細聲插嘴：
「吓，咁就分手喇咩？你哋都經歷咗咁多嘢，咁難先行返埋一齊，畀個機會你哋大家啦。」

「Natalie，唔好咁天真啦，真係拍拖唔係好似韓劇咁㗎，啲男人真係好衰，唔識珍惜㗎。你睇下 Flora 咁好，佢條仔咪又係同嗰個咩話，乜鬼嘢叮叮喺度 Flirt。所以我睇得阿 Man 好緊㗎，唔畀佢勾三搭四。」

「阿詩你咁都迫得佢幾緊，佢又 OK 嗰度神奇喎。」Flora 講。

　　跟住我已經估到阿詩會點答：
「邊度緊，唔緊咪好似你咁囉。同佢分手啦，唔好再心軟喇，你咁樣唔得㗎。」

　　Flora 終於爭取到發言機會：
「我真係未諗清楚點。Natalie 都講得啱，咁難先一齊返，或者我叫佢唔好佢會停呢？我諗住搵佢問清楚先。」

　　大家姐一有空檔即刻插嘴：
「仲問咩吖，佢都 Flirt 得其他人，你都識講啦，佢追你都係用同一招咋。」

「我未講完呀，我諗都無㗎喇，只係想問清楚啫。」Flora 講埋未完嘅說話。

「唔好意思，你哋去沙田邊度先？」

入到獅子山隧道，我不得不打斷佢哋嘅小組討論。

「返去定講埋先呀？」阿詩問大家。

「一係去大圍食住糖水傾啦。」大家姐建議，見一秒後都無人出聲，就同我講：「司機去大圍食糖水嗰度吖。」

「即係邊度？大圍好多糖水舖。」

好多人嘅通病就係講一啲地方嘅代號，以為個個司機都知道，大家姐講嗰間權威，都難免犯下呢個毛病。

「Er……油站後面嗰條街。」

油站其實就四方形無前後左右之分嘅，不過我都大約知佢講緊邊度，就唔追問落去。

四個女仔之中講嘢最細聲嘅 Natalie 講：
「唉，點解你哋講分手講得咁容易，我就想搵個人追我都無。」

大家姐又講：
「咩呀，你上次咪話 Andy 約你去睇煙花嘅？你咪應承佢囉，你出得去佢就會媾你㗎啦。」

　　阿詩都同意：

「你快啲應承佢出去啦呀，分分鐘佢轉頭同咗第二個一齊，咁你就又走寶喇。」

「你唔係無人要，係你太揀擇啫。」Flora 都加把口。

　　三樽鹽撒落 Natalie 度，搞到 Natalie 灰心咁講：

「邊有你哋講到咁容易，仲有好多嘢要考慮㗎。」

「考慮咩？你估過世咩，唔拍下拖點知自己鍾意咩？有人追就上咗先啦。Andy 都唔係好差啫。」大家姐永遠第一個插嘴。

「真係無問題？我驚第時好似你哋咁，要下下 Check 住佢。」Natalie 未拍拖先擔心。

　　Flora 先話：

「唔好理咁多啦，我開頭都好 Sweet，咪又係搞到而家咁，唔試過唔知嘅，你試下先啦。我而家都唔知我同佢個結局會點。」

「都話同佢分手咯，仲有咩點。」阿詩去到臨落車一刻，依然堅持緊自己嘅意見。

　　表面上一段感情嘅建立同結束，係兩個人之間嘅事，實際上女方嘅朋友亦都肩負住相當關鍵嘅角色。呢個雖不合邏輯但

令人無奈嘅事實，相信唔少師兄都明白，只係無咩人真係親身體會過。而親身體會過之後，我發現呢個情況最荒謬嘅並唔係由朋友畀意見，而係朋友講自己嘅情況代入人哋嘅關係，去推斷男方會點點點。旁觀者清喺呢個場合之下未必太適用，因為旁觀者某程度上變咗做主觀者，偏偏呢啲「高見」就主管住無數男女嘅一生。

的士
TAXI

夜更的士接載到一上車就攤屍嘅西裝友係平常事，無論晚上七點到凌晨三點都有，通常都慰問下係咪啱啱放工，順便聽下各行各業嘅苦水，大部分都係老細、同事嘅惡行，佢哋嘅衰嘢千變萬化，相反打工仔嘅應對方式就永恆不變——繼續捱。如果唔捱劈炮唔撈係幾型嘅，但係就可能好似呢位仁兄咁，被邪惡嘅 HR 玩弄。

故事嘅開端係喺唔知有咩科技嘅科學園，喺的士站緩慢推進嘅我終於去到頭位，觀察每一個來往嘅人。科學園放工嘅人潮無中環咁黑壓壓一片，打扮亦都較悠閒，唔會對口對面都係西裝代言人，亦都有波鞋嘅身影。

當我期待住兩個迎面而來嘅靚女時，突然之間車門打開：
「荃灣港安醫院。」

開放式嘅士站就係會咁樣，一邊開車一邊望住靚女乘客行去上後面部車，緣分嘅交錯就係咁無奈。

有見時間尚早，我揀個同時間有關嘅話題：
「咁早放工都好少有喎。」
「唔係呀，我係嚟見工㗎。」

見工見到一上車就好頹咁攤喺槓，唔通見完倉務做完能力測試？依然挺直嘅西裝話畀我知答案無可能係咁。

「見工呀？應該順利啦，如果唔係佢都唔會咁嘅時間見你㗎。搵工好似拍拖咁，講緣分嘅。」

「順利？我估都順利嘅，乜都正常呀，畀着你由兩點搞到而家，你話刼唔刼？」

當時時間係我開工從第一班車，人概五點半鐘。兩點見工見到五點半？會唔會係乘客搞緊笑？

乘客話個見工流程係咁嘅：兩點見工，乘客好準時一點四十五分就到咗，首先係填表格，份表格非常特別，除咗極度多嘅個人資料，連公開試成績都要逐科填之外，仲附有一份類似心理測驗嘅問題，「問埋啲問題奇奇怪怪，好似係人格測試之類，梗係唔會照直填啦。」

填好成份表格都過咗至少三十分鐘，然後就係技能測試，測試分兩部分，第一部分多項選擇題，第二部分作文。

聽到呢度我打斷咗佢：
「其實你見工定考試？」
「我都係咁諗呀，啲 MC 都叫做好啲，問啲公司嘢，作文真係

好似考通識咁，要我寫一帶一路政策對香港嘅影響喎，我嚟見Admin啫，使唔使識咁多嘢呀？」

就我聽接載過嘅乘客所講，好多公司都要求新入職員工十八般武藝樣樣皆全，但係好似呢間咁考埋時事認識嘅就少之又少。

「咁真係絞盡腦汁喎，唔怪得你咁劫又好灰咁啦。」
「咁我都識呢啲嘢嘅，係辛苦，但最灰唔係因為咁。」

既然咁好傾，我繼續追問原因啦。乘客話最灰心嘅係間公司要佢提供舊公司嘅聯絡人，要做Reference Check。

一向都覺得Reference Check無理嘅我馬上大表同意：「呢樣嘢真係好無聊，離開咗舊公司就好似分手咁，向舊公司問求職者表現咪等於同前度問現任點，咁散得都唔會關係好啦，問嚟又點會有正確答案？」

「你點知㗎，你都識我前度㗎？唉，早知唔分手住啦，搞到而家雞毛鴨血。」乘客嘅答案有一瞬間令我以為佢講緊電話。

九唔搭八嘅答案又係久唔久會發生，需知道每個人聽其他人講嘢都唔係百分百聽晒，就算聽晒，有十個人聽完就有十個見解，好多時都會因為咁而造成分歧，呢啲叫做誤會。

　　而誤會嘅解決辦法，就係重新解釋：

「你前度？我講緊個比喻咋，我想講同舊公司攞 Reference 就好似現任問另一半前度嘅表現咁。」

「哦，你唔好再嚇我啦，你知唔知，我再之前間公司個 HR 負責人就係我前度，仲要因為識咗另一個先飛佢，都幾年無聯絡啦，而家呢間嘢要我交對上三間公司嘅聯絡，陰魂不散呀。」

　　哦，原來係咁，我諗呢個都係點解唔好同同事拍拖嘅重要原因，好似呢位乘客咁，幾年前見異思遷嘅受害者，諗住老死不相往來啦，點知緣分將佢哋再度拉埋一齊，報應不爽呀。

「咁都唔一定唱衰你嘅，你工作表現得好佢都無你符㗎。」

　　我嘗試從人性角度出發，並假設乘客工作表現了得。

「唔會唱衰我？司機你實在太睇小女人嘅妒忌心，嘿，我衰我認嘅，唱我啲私隱都算，仲要作啲我無做過嘅嘢嚟屈我，又騷擾我新女朋友，你話而家呢間公司聯絡返佢，點會唔唱我吖？」

　　一向主張不啞忍嘅我反應較激烈，呢個時間我嘅身份係司機，好應該幫乘客：

「咁衰？咁你唔報警？佢仲有騷擾你哋呀？」

點知乘客已解決呢個問題：
「無呀，又轉咗另一個啦。所以佢而家可以再見返我，一定好大鑊㗎。」

兜兜轉轉，話題又回歸新公司向舊女友索取 Reference 嘅問題身上。

我順勢推斷：
「無事嘅，我諗間公司唔會咁傻，信晒舊公司啩。好似拍拖媾女咁，喂，你係有才華有財華，就算出名係有啲衰，有前度唱你，佢都係會要你嘅。」

我本住有麝自然香嘅態度處事，自然覺得搵工應該靠能力，聽完乘客嘅答案，我先反思係咪我脫節：
「說話唔係咁講。好多女係有選擇困難，寧願聽身邊嘅三姑六婆亂講而影響一生，HR 亦都一樣，明明身經百 In，都係唔信自己嘅眼光，去擸舊公司嘅 Reference Check，你幾叻都假，最關鍵嘅能力就係人際間嘅溝通能力。」

去到呢度我真係不得不同意乘客嘅說話。工作上嘅嘢真係好講溝通，能夠引到啲關鍵人物覺得你做到嘢，你就係做到嘢。

根據返乘客嘅邏輯，結論已經呼之欲出：

「咁你同 HR 溝通得好啲咪可以順利搵工，邊使怕你前度。」

「之前就係溝通得太多結果嬲埋，手尾到而家都未搞掂。」

　　唏噓嘅答案迴盪喺車廂之中，我彷彿見到乘客短暫跳出咗呢個循環，但係之後嘅路應該點行？乘客似乎未搵到答案，司機就決定去尖沙咀，無論點行都好，條路自己揀，最好預留返將來唔好後悔嘅空間。

的士
TAXI

　　　深夜嘅街道上，主要道路都有的士盤踞，我毫無希望咁等待乘客選中自己部車。極少數乘客會咁啱喺正的士駐紮嘅地方放工、離開，大部分都係喺附近嘅橫街窄巷出嚟，然後自動自覺行去的士集中地上車。幾十部車非正式咁排住隊，乘客大多見車就上，唔會理會的士司機嘅所謂規矩，事實上上到客嘅司機都係即走，除非極短途先會叫個客「跟規矩」上頭車。由於太多不確定因素，個人嚟講比較鍾意去橫街窄巷碰運氣，雖然有乘客出現嘅機率較低，但一旦有乘客出現，上我車嘅機率係百分百，咁樣嘅命中率反而仲高。

　　　嗰次深夜十一點幾喺觀塘四小龍住宅區落低乘客，兜去鴻圖道見到一盞盞散發住絕望感覺嘅的士頂燈，決定入巧明街繞場一周撞彩。反正無車，D 波唔畀油去到巧明街街尾，喺幾乎絕望之際，倒後鏡中出現一個橫過馬路嘅身影，馬上停車，學足日本優質的士咁，係唔係都開門迎客。個身影如常行過馬路後，我正打算關門直奔尖沙嘴，忽然見嗰個黑影向車尾行過來。到咗燈光之下先見到係一個男人，普通 T 恤牛仔褲，係深深嘅黑眼圈比較明顯，憔悴到不得了。

　　　目的地係屯門，咁我循例問佢想點行啦，點知憔悴男答我：「行最耐嗰條啦，我無所謂。」

鑒於「咁都有客走」令我心情大佳，我笑住咁反問：

「吓，咁我行東隧過海再喺西隧返轉頭㗎喇？」

憔悴男萬念俱灰：

「你想點就點啦，我無意見，我想兜下先。」

「咁⋯⋯一係唔行屯門公路，行青山公路？可以咻下氣。」

我被憔悴男語氣中嘅絕望嚇一嚇，脫口而出對自己毫無利處嘅建議，反而令憔悴男稍為有生氣：

「都好喎，好耐無去。」

於是，我哋就踏上遙遠嘅征途。

憔悴男嘅軟弱無力，令我無法釋然，開車無耐就問佢係咪 OT 到啱啱先放工，得到肯定嘅答案後，我就大大力狠批老闆用人唔使本，做死人哋個仔咩。

「哦，唔關佢事嘅，係我自己想 OT。」

咁搏？唔通係搏派嘅一分子？對於懶懶的我，最怕就係遇到勤力嘅人，可以話係唔識點溝通，簡單講句「咁你都幾勤力喎。」希望可以盡快結束令人尷尬嘅對話。

「勤力？我都唔想勤力㗎，唔做嘢就諗起嗰啲嘢，好辛苦，唯

有做嘢。」

　　聽到呢句說話，我知道自己喺無意之中，敲開咗憔悴男心中緊鎖嘅門。

　　我輕輕力推開道門：
「辛苦就唔好諗喇，專心做嘢都係遺忘嘅好方法㗎。」
「我都係咁諗，我本來諗住做通頂㗎，做做下忽然又刺激到我諗起……都係返一返屋企算。」

「集中到極點嘅時候，一放鬆就好容易諗起唔想記起嘅嘢，我都明白嘅，休息下再做囉。」

　　其實我完全唔知憔悴男煩惱嘅係咩，唯有好似風水師咁，講啲模棱兩可嘅說話，將門縫慢慢擴大。

「正常都係嘅，問題係令我唔開心嗰件事同我工作有關，愈專心做嘢愈容易諗起。」

　　憔悴男終於透露出佢嘅煩惱來自工作，咁我就大致有個方向。

「做嘢就梗係有唔順利嘅事嘅，唔通個個都成功咩。最緊要唔好將挫折放喺心度，一係留喺公司克服佢，一係轉工避開佢，

總之唔好卡住。你做盛行呀？」

　　似是而非嘅安慰說話我就最拿手，喺最後先問想問嘅問題，就唔會令人覺得八卦。

「都係嘅，問題係好難唔卡住。我做 Design 㗎，搞結婚啲嘢。」
「哦，Wedding 公司之類，咁照計做嘢時都見幾多開心嘅㗎吖。」
我不停諗點答。

「哈，都唔係㗎，好多 Couple 嚟找嘅 Office 鬧交㗎，找見過有人落晒訂先鬧到唔結婚。」

　　憔悴男忽然道出呢個事實，對於未婚嘅我嚟講確實係幾新鮮嘅一件事。

「咁都有呀，你係咪設計時腦閉塞，所以想遊車河紓解下呀？」
我嘗試大膽同直接咁問。

「可以咁講啦，接到設計喜帖嘅 Job，見到前度個名，算唔算設計時腦閉塞？」

　　憔悴男終於將心底道門完全敞開，語氣亦都無咁萬念俱灰。

「咁……真係幾驚嚇喎，會唔會咁啱同名同姓？你知啦，通街都係嘉欣㗎嘛。」我嘗試令個氣氛輕鬆啲，但效果顯然唔好。

「我查過啦，問過啲 Common friend，真係佢結婚，聽講仲係有咗先臨急臨忙結。」

　　憔悴男呢個經歷，可以話係得知「前度結婚了，新郎不是我」嘅情況之中，最慘烈嘅一種，做做下嘢忽然收到呢個消息，仲要每日設計一個自己無緣參與嘅婚禮細節，難怪佢咁憔悴。

「唔……我諗我明白你點解叫灰嘅。」雖然我唔明白，但都只可以咁講。

　　我哋喺沉默之中走入彎彎曲曲嘅青山公路，望住飛機升降，心情都好啲，直到去到黃金海岸嘅時候，憔悴男忽然大聲嘆氣：
「唉，早知唔行呢度。」
「做咩？我揸得唔好你頭暈？」
「唔係呀，唉，我又諗起同佢嚟過情人節，我就係唔想焗住諗起佢先暫停做嘢，點知都係諗起。」

「Sorry 呀。」

　　對於唔係我錯嘅 Sorry，我從來都唔吝嗇，反正唔使錢又可以令對方轉移視線，係幾好用嘅招數。

「邊關你事，係我自己問題啫。唉，好煩呀，可唔可以唔諗住
佢呀？」

「要唔諗住佢，首先唔可以諗住唔諗住佢，搵其他任何嘢做，
自自然然先可以唔諗住。」

我仲好仔細咁同佢講返《莊子》有待無待嘅概念，講到憔
悴男話「好深，我唔知你講咩。」

「唔明唔緊要，至少你專心聽我講，咪無諗起其他傷心嘢囉。」

一邊捉棋一邊刮骨療毒係我幾相信有效嘅麻醉方法，希望
憔悴男能夠喺短短嘅最後一段車程中明白。

「我諗我明嘅，返去打下機囉。聽日返工都係要對住，又無得
唔返工。」

憔悴男似乎明白，可惜現實中總有侷限，佢嘅情況我真係
諗唔到點破解。

收錢嘅時候我漫不經心咁講：
「多謝你。」

憔悴男好有禮貌：

「唉，我多謝你先啦。」

「講呢啲，你畀錢我賺喎，我多謝你就真。」

互相多謝中，我照收足佢錢，佢亦找足尾數要埋五毫子，互相尊重就係咁。

入到屯門就無咁好彩有客走喇。喺直奔尖沙嘴嘅途中，我設想一下憔悴男嘅心情，一返工就要對住仲有意思嘅前度照片，身邊係另一個男人，肚入面係前度同另一個男人嘅骨肉，失去本來屬於自己嘅位置，仲要化心機令呢件事變得更完美，我諗憔悴男輸入喜帖新郎名嘅時候，應該就係最難落筆嘅一刻。

TAXI NO.　　TAXI
SURCHARGE　HK$0.00
TOTAL KM　　13.00
TOTAL FARE　教育工作者

　　唔少屋苑都有平台嘅設計，住客要先落平台再行去總大堂先可以離開屋苑，呢啲屋苑大多幅員廣大，行去屋苑出口都佔唔少運動量，簡直係上流人士先識得欣賞嘅設計。呢啲屋苑門口大多有的士站，我從來都唔排呢種的士站，因為只有極少數住客願意行去大門口搭車，大部分都係 Call 的士或者搶搭啱啱上平台落客嘅的士，門口的士站往往乏人問津。今次亦都一樣，啱啱載客入到屋苑深處，即被保安員攔截，要去另一座接載乘客。

　　穿過彷如迷宮般嘅平台石磚路後，孤身一人嘅女乘客出現喺眼前。藍色旗袍校服無法降低乘客雙眼透出嘅成熟感，緊束在腦後的馬尾隨住揮手嘅動作一擺一擺。停車之後先留意到佢腳邊仲有一張黑色櫈仔，馬上彈開車尾箱蓋，落車睇下有無嘢幫到手。可惜，最後只係落車關返尾箱蓋，無得袋埋行李費。女學生乘客搬咗張櫈仔上車後，我順手幫佢關門後亦都上返車，去盈翠半島。

　　兜兜轉轉去到閘口，已經同乘客討論完有的士上嚟唔使行嘅幸運，再暗地猜想喺閘口的士站嘅行家幾時先有客後，我問乘客：
「你張櫈好似都幾重喎，搬屋搬定先呀？」

「吓，唔係呀，我教琴咋，唔係喺度住㗎，呢張係俾小朋友彈琴時做腳踏嘅。」

估錯咗嘅我即刻掩飾尷尬：
「哦哦哦，原來係咁。得啦，好快載到你返屋企。」

點知講完呢句，又犯上另一個錯。

「我唔係返屋企呀，我去下一個客屋企咋。」

再一次估錯，唯有盡快轉移話題：
「咁多客呀，咁咪好好做？」

貌似清純嘅鋼琴老師……鋼琴幼師畀咗好成熟嘅答案我：
「都無話好唔好做嘅，搵錢啫。叫做唔使點勞動囉，又無咩競爭，你有料儲到班家長 Buy 你嘅，就 Keep 住有生意，都幾好㗎。」

而家咩都年輕化，小學讀中學課程，中學生就將大學生嘅標準搵錢攻略複製。既然講開搵錢，好自然就問鋼琴幼師好唔好做。

「幾好做啦，我諗住畢業都做呢行㗎喇，又唔使交稅，又唔使俾老細玩。」

俾老細玩？應該係俾老細欺壓咁解掛，好彩今次只係心裡邊諗無亂估，鋼琴幼師下一句就令我萬分尷尬。

「你知啦，今時今日女人打工好多都要靠身體上位，無辦法上到嗰啲就話個世界唔係咁，升到嗰啲就話無，我寧願信自己，唔出去做嘢，都唔想學啲師姐咁。」

我好想同佢講個世界都唔係咁變態嘅，但諗起無數個喺車廂內傾交易嘅個案，簡單一句「世界都唔係咁黑暗」竟然卡喺喉嚨，講唔出口，只可以又轉移話題，問佢啲學生易唔易教。

「易？睇你點睇啦。我覺得就唔難，佢哋都唔係想學琴，都係想考試啫，來來去去都係練練練，有心學嘅咪教好啲，無心學我咪放鬆啲嚟教囉。」

「咁你壓力都幾大㗎。」

我理所當然咁推斷，因為教呢啲私人班，要取悅嘅唔係學生而係家長，家長追求成績，老師就要迫學生追求成績，而呢樣任務非常困難，所以我以為私人教琴嘅壓力會幾大。

「唔會啦，我淨係一兩個叻嘅、用心嘅學生先谷，谷到呢一兩個學生有好成績，就可以大大聲同家長講我教得好，不過你個

仔天賦唔好呀、壓力太大呀、唔夠勤力呀，呢樣嗰樣咁，學得唔好，考得唔好係唔關我事嘅。」

鋼琴幼師處之泰然咁講出佢面對壓力之道，我彷彿見到佢點着一支煙然後吐出煙霧嘅樣，仲意猶未盡：「過唔到考試仲好啦，重考要佢努力啲，即係要補多幾堂，識得同家長溝通就得。」

「你嘅諗法都幾成熟喎。」

我由衷咁稱讚鋼琴幼師，始終載唔少大學生返宿舍時，都係講下風花雪月，分享下追組女攻略等等，中學時期已經諗定以後點搵錢，仲功利到谷一棄十，不論對錯都係成熟嘅表現。

「我都係同老師學嗻，佢哋咪又係谷晒啲資源喺勁人度，放榜就數出幾多狀元攞幾多粒星，唔叻嗰啲一係無人理一係唔畀升，拔尖就叻，補底就 Hea，有獎攞嘅活動就谷，無獎攞嘅就求其，咁都啱嘅，所以我哋咪名校囉。」另一支虛擬嘅煙被鋼琴幼師點起。

作為前教育工作者，實在相當有共鳴。教師已經淪為工作者，教學講求利益，講求卓越，唔係話無老師講理想，只係會教得好辛苦囉。好似鋼琴幼師咁做個教育工作者，搵到錢之餘又開開心心咪幾好。

「請問係咪李小姐？你好，我係 XX 製作公司嘅文小姐，想約你星期四三點上嚟面試喋，我哋地址係⋯⋯」

「請問係咪歐陽小姐？你好，我係 XX 製作公司嘅文小姐，想約你星期四三點半上嚟面試喋，我哋地址係⋯⋯」

「請問係咪陳小姐？你好，我係 XX 製作公司嘅文小姐，想約你星期四四點上嚟面試喋⋯⋯」

「請問係咪何小姐？你好⋯⋯」

喺告士打道塞往太古城嘅途中，後座嗰位文小姐一個又一個電話打出去，將的士變為流動辦公室。二十分鐘入面我唯一嘅動作就係喺佢打第一個電話，講到「我係 XX 製作公司」時，將 CD 音量收細，然後就專心控制踩 Brake 嘅力度，緩緩向前慢流。到佢約人由三點約到五點半，終於講完電話，難得地多謝我熄 CD 機。講真，舉手之勞有咩好多謝，將心比己，我都唔想自己講公事電話時聽住「Do you hear the people sing」啦。

既然話題打開咗，又塞車無嘢做，我就笑文小姐都幾忙，

忙到收工都仲要喺車度做。

「唔係呀，呢個時間實塞車㗎啦，約人見工又無咩文件嘢跟，梗係留返搭的士做，盡快返屋企啦。」

　　文小姐嘅答案反映佢係一個好講求效率嘅 HR，咁我就問佢呢行係咪備受尊敬啦，因為一向大家都視 HR 亦敵亦友，一來好多職位嘅學歷人工都高過 HR，睇唔起 HR，同時入職、請假、離職好多麻煩嘢都受 HR 限制，唔扮 Friend 唔得，所以我覺得對住 HR 人人都戴住友善嘅面具，佢哋喺公司入面應該係最好過嘅，表面上啦。

「唔係㗎，而家啲人都唔 Care 份工嘅，點會備受尊敬？一個二個見工時寸到死，一係就咩都唔肯。我哋公司呢排請 Model 呀，主要影 Product Shot，問佢哋着泳衣得唔得，即刻又呢樣又嗰樣。大佬呀又唔係好靚，身材又衰，做 Model 唔係話一定要除，但係唔除得就實唔使請囉。咁矜貴做 Office 妹啦！」

　　文小姐忍唔住對我呢個陌生人不停砲轟啲求職者，我諗佢都唔係咁易請到人，又懶矜貴，唔肯除衫就唔請，搞到自己咁谷氣。

「咁都有呀？」我扮到好驚訝咁講，「我以前見工基本上係咩都制㗎，最緊要公司請我，返得遠開 OT 都無問題。」

其實呢個只係啱啱畢業先會咁做，做咗幾年嘢後我已經要求多多，有本事就唔好請我，結果真係無人請我要揸的士。

「係囉係囉，見工應該係咁㗎。不過都唔係，而家啲人好醒㗎，見工就話無所謂無問題，同佢講話可能要 OT 喎，識得講理解、明白，一請咗佢呢，咩都攞勞工法出嚟講，話要睇返法例先，咪即刻作個理由炒佢囉。」

咁搞笑？公司出啲無理要求時，我一係辭職一係 Hea 做啫，呢招「見工嗰陣乜都制，返工之後勞工例」都幾新穎。

「咁得意都有嘅，估唔到港女都咁醒喎，識得講法例。」

畢竟，勞工法對我嚟講係一個只出現過喺報紙嘅名詞，因為法例嘅嘢好麻煩，有人識得對公司用，真係幾犀利。

「唔係㗎，唔係得 Model 係咁，有啲攝影師都係咁㗎，請嗰陣又話去邊出 Job 都無問題，到有 Job 又嫌遠又話無車馬費，要跟足合約條款喎，又唔知自己影得普通喎，咁咪又作個理由唔用佢囉。」

文小姐嘅地圖砲繼續發射，好彩我只係玩下影相無用攝影機嚟搵食。

　　但我都算偶爾揸筆搵食，作為藝術文化嘅一分子，都自然為攝影師講返句說話：

「都唔係嘅，咁影相嘅都要搵食，佢哋呢行個價係難定㗎嘅。」

　　文小姐嘅答案令我非常灰心，原來賣藝術賺錢嘅喺 HR 眼中係咁睇我哋：

「有幾難定？影相邊值錢㗎？係人都識啦。總之邊個多服務，識執相剪片航拍嘅，我哋咪畀生意佢做囉，嫌人工低嘅又唔問清楚行情嗰啲，佢唔做，大把人做啦。必要時免費都得啦，係質素低啲啫。」

　　頂爛市嘅情況真係滲透各行各業，的士咁，攝影設計又係咁，諗深一層，連航空公司都係咁，喺香港賣服務，最重要嘅只會係着數，從來都唔係質素。

　　識時務者為俊傑，上到東區走廊就好快到太古城，係盲從附和乘客嘅時間：

「都係嘅，而家都係睇財力㗎啦，邊有人理能力學歷。」

「能力就唔係唔重要，有基本嘅就得，性價比要夠高。學歷就真係唔太重要，反正個個都有㗎啦，求其一單撞車，都撞死幾個 U Grad 啦。一條街入面呀，識整電工泥水仲罕見過揸 BBA Degree 嘅人，你話學歷有咩用？係要有，但無幫助囉，最多只係拖住個身份，人工仲低過佢哋睇唔起嘅地盤佬。嗰啲揸住

Master 嚟搵工嘅，我一定約佢哋上嚟玩㗎。最後請邊個，老細咪又係叫我決定，咪召啲傻仔上嚟玩下囉。」

揸住中文系學位又揸住的士嘅我，非常難受咁體會會佢呢段說話，雖然好唔想接受，細想之下又好似係現實。

文小姐落車嘅時候叫我唔使找錢，話係我識得熄 CD 機做得好。我開車之後喺度諗，聽完文小姐嘅招聘哲學，可以歸納到幾個重點：第一，學歷唔等於一切，重點係你嘅能力係咪公司需要嘅；第二，文化界有時唔好怪人哋覺得藝術唔值錢，唔值錢嘅印象正正係同行去塑造出嚟；第三，勞工例嘅條例係好好，但係公司要玩嘢有太多唔犯法嘅方法。

諗完一大輪，我發現最重要嘅一點，係揸的士係唔受上述任何因素影響嘅，一諗到呢一點，一直沉甸甸嘅心頭大石馬上俾我飛出窗，Yeah！

起初幾乎同呢個女乘客打大交，最後卻相談甚歡。

打大交嘅原因其實係出於誤會。

乘客上車有責任講清楚地點，佢嘅答案就係七個字，「爵悅庭對面有落」，好似好清晰，但實際上其實咩都無講過。爵悅庭喺荃灣，咁我先出發向荃灣，但係「對面」呢個位置就可圈可點喇。一個屋苑就算唔係標準嘅四方形，大致上都有四個方向，咁究竟對面即係邊面呢？

須知道搭的士咩人都有，就算係一塊爛地都可能有測量人員搭的士去，呢個乘客嘅外表喺彌敦道通街都係，無可能估到佢想去邊。而去唔同嘅「對面」，行駛方案都唔同。

「邊度對面？」
「爵悅庭對面。」
「我知，爵悅庭邊度對面？」
「爵悅庭正對面？」
「你係咪玩嘢？」

女乘客對我嘅質疑都理解嘅，畢竟先入為主係大部分人無可救藥嘅毛病。

　　直到我仔細解釋上述論點，乘客先恍然大悟：
「哦，咁你去爵悅庭正門就得喇。」打唔成大交，反而打開咗
對話之門。

「爵悅庭好似好近啲工廠區？唔知嘈唔嘈呢？」女乘客話去爵
悅庭正門，我先入為主咁當咗佢係住客咁問。

「係工廠區呀，唔係好嘈啫，仲有人喺嗰度住。」乘客一臉悠
閒咁講。

「住？工廠大廈劏房呀？」

　　雖然有聽講過有人會喺工廠大廈入面住，但係以咁熟悉嘅
口吻去表達嘅，呢個乘客係我接觸嘅第一個，可能佢識人住喺
呢類地方啩。

「唔係劏房，係屋呀，有啲房係整到真係屋企咁，啲裝修靚到你
睇唔出佢喺工廠大廈，我仲見過有間整埋個小閣樓，勁骨子。」

　　乘客每兩三個字就食一個韻母，速度快到我以為同緊工廈
嘅 Sales 講嘢。

「咁喺呢啲地方住，唔怕危險咩？咁僻靜。」

深夜工廠區嗰種僻靜，真係要去過先感受到。香港周圍太多人，去到一個人都無嘅地方，詭異嘅感覺會油然而生，特別係俾高大嘅工廠大廈包圍住，兩邊泊滿貨車，又寧靜無人，就係夜半工業區畀人嘅感覺。

「怕咩吖香港咁太平，邊有人會喺呢啲地方打劫㗎，係都唔打劫我哋呢啲窮人啦。」

女乘客講嘅說話不無道理，只係佢忽略咗有啲人除咗劫財之外，仲會劫色，不過我無理由對住個單身女仔講呢個話題嘅，費事俾人屈性騷擾啦。

至於唔打劫窮人，我哋固然人人覺得自己係窮人，但喺賊嘅眼中又係唔係咁諗呢？可能喺佢哋眼中，我哋呢班「窮人」已經係好富有。

「都唔係㗎，而家好多唔知邊度嚟嘅人，搶少少錢都攞命㗎。打劫 7 仔、找換店、搶 Nokia 電話呢啲，我哋都覺得無咩好搶㗎。」講完之後連自己都嚇親，驚有人打劫的士司機。

「咁無計啦，鬼叫我哋窮無得揀咩，我夠想住豪宅啦。」女乘客呢句抱怨，真係日日都聽到咁滯。

「爵悅庭都豪豪地啦，係偏咗少少啫。」對於未有物業嘅我嚟講，任何屋苑都配得上豪豪地嘅形容。

「我都唔係住爵悅庭，我住佢對面之嘛。」女乘客呢個答案真係令我無地自容，原來搞錯晒。

「對面，即係嗰啲工廠大廈？」
「啱呀。好靚㗎，我以為你知㗎。」

仲要俾佢踩多腳，鬼叫自己估錯咩，馬上諗個話題轉移視線：
「你就係住頭先講嗰啲豪裝工廈呀？」
「唔係豪裝啦，都唔錯㗎，我同個同事夾，性價比算係幾高，好過住私人樓啦。」一講起工廈呢個話題，女乘客即刻 Sales上身，讚不絕口。

「靚應該係幾靚嘅，咁你有無遇過啲咩奇怪嘢？隔籬會唔會住啲怪人㗎？」奇怪嘅住處，唯有問啲奇怪嘅問題。

「唔會呀，我哋又唔係劏房，都係公寓咁囉。平時同啲鄰居無咩接觸，係驚佢哋唔知做啲咩囉，之前好似仲話殺過人，都係呢度附近啫。」

等我仲期待住聽一個有關工廈嘅愛情動作故事啋，但係女乘客講得啱，其實工廈都只係一個居住環境，無咩特別係可以理解，最特別嘅就係呢個環境本身，究竟幾時開始，我哋要淪落到視住工廠大廈為一個性價比高嘅選擇呢？

落客嘅時候稍微觀察一下個大堂，環境真係好似女乘客所講咁靚，如果內裝都係咁嘅質素，對於年輕人嚟講，確實都係個幾好嘅居住環境，只係金碧輝煌嘅背後，埋葬咗幾多年輕人嘅未來呢？

```
TAXI NO.      TAXI
SURCHARGE   HK$0.00
TOTAL KM     16.00
TOTAL FARE  復合之過
```

的士
TAXI

　　三個女人一個墟，三個半醉嘅女人就更墟屲。即使係三個一望可知仲係在學年齡嘅少女，幾個好姊妹醉醉地咁搭車，能夠造成嘅聲音破壞就同一班大媽相差無幾。

　　以往廣告都係將白頭髮染黑，唔知幾時開始興調轉，將烏黑嘅頭髮染白染灰。本來都無乜嘢，潮流嘅嘢本身就係個人嘅事，只不過深夜昏黃嘅街燈之下，見到嘅唔係白夾藍、紫嘅色澤層次，只見到三個白髮蒼蒼嘅大姑嚟搭車。

　　「司機哥哥你好靚仔呀，開車吖，我哋去大埔。」坐中間嘅女仔伸個頭上前座同我講。

　　吹氣如蘭嘅感覺相當美好，假如口氣中無夾雜住煙味同酒氣嘅話。

　　「唔好撩司機哥哥啦 Macy，快啲講埋你條仔點賤啦，我想知呀。」

　　坐左邊嘅女仔戴住誇張嘅捕夢網當頸鍊，唔知佢究竟明唔明個飾物本身嘅象徵意義係咩呢？

「咪講咗囉,」Macy 好唔耐煩咁講:「都話佢媾咗我個 Friend。」

右邊個女仔最純,至少個打扮係,點知一開聲就將呢個印象打破,變成一個八婆:
「我哋知啦,咁細節係點啫,佢點媾㗎?點賤格法?你又會發現嘅?」

如果捕夢女係喺傷口撒鹽,純八婆就係嘗試將傷口埋落鹽度。

Macy 似乎係一個幾堅強嘅女仔,或者佢已經迅速對佢前男友心淡,又可能段感情都係玩玩下,總之佢嘅語氣同兩個 Friend 一樣咁輕佻,難怪佢哋可以咁直接倒啲鹽出嚟。

「我一直都覺得佢對我個 Friend 有嘢㗎喇,又話出去傾莊務,咁我都識其他莊員㗎嘛,明明都無會開,我個 Friend 忽然又失蹤喎,咁梗係有嘢啦。」

吓……咁都計?咁佢都好武斷喎,等我仲期待住另一個賤男的故事啫。點知,Macy 啲朋友繼續追問跟住點,我先發現或者 Macy 係個講嘢一嚿嚿嘅人。

「跟住我咪開始搵機會偷睇佢電話囉,有次趁佢去咗沖涼,我

將佢哋個 LINE 紀錄 Send 畀自己，先知道發生咩事。佢賤到話係我姣佢喎，又話已經同我講咗分手，係我發姣黐住佢，好辛苦喎。最嬲係有次佢話『俾鬼責完』，就係我哋去旅行嗰幾日呀黐線。」

　　講到呢度我都覺得嗰個男人非常賤格，Macy 同佢兩個女仔朋友當然感受更深，齊聲怒斥賤男。

「你睇下佢幾樣衰。」Macy 喙聲討聲稍弱時話。

「佢凸個嘴出嚟想點呀。」
「你睇下佢個額頭幾闊，成隻龜咁。」
「咁樣衰你都主動追佢，你嗰陣都好饑渴。」

　　我自己完全聯想唔到闊額頭同龜嘅相似性，但諗起呢個只係對賤男嘅無理智批評，就覺得合理，反而從純八婆嘅說話中，先知道原來當初真係 Macy 追賤男。

　　突然，我再一次聞到濃烈嘅煙味夾酒氣，原來係 Macy 又哄咗上嚟：
「司機，你睇下佢幾樣衰。」

　　行緊獅子山隧道嘅我，都可以稍微一瞥佢部電話嘅。賤男

額頭上面無寫住字，平心而論都幾靚仔，有做賤男嘅條件，隨口踩佢幾句，繼續專心揸車。

「咁你幾時同佢講分手呀？」捕夢女問。

「佢上個月已經講過啦，話咩唔夾喎，我諗住去埋個旅行睇下有無得救，點知佢原來係同我個 Friend 有路先要分手。我唔分呀，咪照攞佢着數囉，睇下佢點解釋都好喺。」聽年輕人講嘢往往會令我覺得自己已經老咗嘅感覺，今次聽 Macy 講完佢嘅決定，我覺得自己又再蒼老多一啲。

佢講嘅嘢同個男仔做嘅嘢明明係一脈相連，只不過係用咗兩個角度去睇同一件事，我開始覺得，個男仔都唔一定係想像中咁賤。

之後純八婆繼續 Chur 住追問：
「吓！點忍到呀？同佢出街都覺得醜啦，你諗住點攞佢着數呀？邊度值得同佢一齊？你想點先？」

純八婆嘅連鎖式追問真係好煩，只係咁樣大包圍式嘅發問，偶爾都會出現有質素嘅問題，最後呢句「你想點先」真係字字鏗鏘。

「我、我唔知想點呀，可唔可以好似以前咁呀？」

　　啱啱好型咁恥笑男朋友樣衰嘅 Macy，突然淚腺缺堤，純八婆同捕夢女二嘴八舌話「唔好喊啦」、「唔講呢個問題喇」、「無事嘅」等等，令人煩上加煩。

　　本來我想安慰 Macy，唔理邊個啱定錯，佢哋呢個年紀分手無咩好可惜，最緊要喺錯誤中學習，明白自己鍾意咩人，忍受唔到咩缺點，咁樣喺以後嘅感情中先有可能盡快搵到真愛，但係考慮到兵荒馬亂嘅環境下，三位乘客都無可能平心靜氣聽我講，所以都係盡快去日的地好過。

　　去到大埔，正當我想問佢哋去邊度落車時，Macy 已經叫我去某一間便利店附近停車，要佢啲姊妹陪佢買酒飲。我望一望鐘，都已經接近凌晨三點，我睇佢哋一邊消滅地面上一罐罐啤酒，一邊笑個男仔樣衰，或如何爭取復合嘅話題中，可以消磨到天光。

　　一般嚟講，十年之後喺 Macy 嘅婚禮上面，唔會再有人記得個男仔有幾樣衰，亦唔會有人提起 Macy 今晚喊得有幾慘，只會記得三個人姊妹情不變，同慨嘆唔可以再飲酒傾通宵。目前刻骨銘心嘅感情，隨時間會愈洗愈淡嘅。

的士
TAXI

　　有睇開我書嘅讀者，都應該知道我幾鍾意走長程，由市區入新界再空車返市區，計返所需時間同收入，其實收益都唔錯。毫無預期下，假如有人深夜喺新界返市區，心情就好似公司出 Bonus 咁爽，近乎唔可能嘅事，居然發生咗。

　　今次就係咁，夜晚十一點幾入到上水，落客後直奔市區，行經大埔時，一直黑色嘅電話屏幕，忽然彈出科學園嘅訂單，當然眼明手快搶咗先至講，原來目的地係去九龍塘，都算唔錯啦。

　　深夜嘅科學園原來都幾熱鬧，來來往往嘅單車，緩緩行駛於路中間，去到紅燈時依舊照去，留下有交牌費而被迫遵守交通規則嘅我；幾個抽住婚紗大手提盒嘅人影，吃力咁走向的士站；排隊叉電嘅汽車，司機眼神空洞咁喺車入面消耗剩餘不多嘅青春，兜咗個大圈之後，終於搵到我嘅乘客：一個「嬲」字咁企喺金蛋附近等我。

　　當呢個「嬲」字上車後，佢哋先講返原來係有三個目的地，先去旺角某紅 Van 站，然後要去黃大仙，最後仲要去觀塘，每個地方都係紅燈雲集之地，所花費嘅時間仲多過我空車出市區做過另一支長程，唉，中伏了。不過既伏之則安之，反正乘客

都上咗車，可能會帶我去更好嘅地方呢？

「聽日你哋返邊度呀？」最後上車坐左邊嘅男人頭髮中分，中間明顯地有一塊不毛之地，年紀似乎係三人之冠。

「聽日我哋返醫院呀，Cindy 話隻新藥我哋要跟緊啦。」最先上車嘅男人特登伸前個頭，雙眼直視禿頭男，語氣帶有一種陌生嘅客氣。

嬌小嘅女同事反問返禿頭男點解收咁夜，「我哋 Admin 呢排走咗個人，個個都忙到一頭煙。好彩可以黐你哋車坐咋，如果我自己搭返的士出去就即係貼錢返工。」禿頭男同樣客氣咁回答。

「客咩氣吖，我哋都係 Claim 公司數，下次返公司畀返張單你呀。」

笑聲從來係打破隔膜嘅妙法，何況係共同講點攞公司着數，三個人之間嘅距離忽然近咗好多。

「你哋知唔知呢，我果邊咪有個叫 Samantha 嘅。」禿頭男講完呢句停一停，直到兩個人都表示聽過佢先繼續，幾乎出現咗一次 Dead Air 嘅尷尬。

「佢咪結咗婚好耐嘅，我今日見佢又同 Marketing 個 Calvin 撑枱腳喎。」

再一次忽然停低，女同事總算醒目界反應：
「會唔會真係普通食飯咋？」
「我注意過喇，佢哋逢星期二三就一齊食，佢哋做嘢又無咩嘢要交流嘅。最關鍵嘅你哋知唔知係咩？」

「係咩？」異口同聲嘅回應，睇嚟另外兩個人都俾禿頭男帶起好奇心。

「Calvin 咪住喺我屋企附近嘅，上個星期六我見到 Samantha 都嚟搵佢呀，之後又係兩個人一齊搭巴士走。」禿頭男煞有介事咁講，我心諗，唔通人哋係親戚又話你知咩。

「咁都幾可疑喎。」男同事再一次伸前身體回應。

「人哋老公覺得無問題嘅，我哋唯有睇戲啦。」話雖如此，禿頭男嘅語氣明明耿耿於懷，唔講我以為佢同個老公好熟。

「我老公好麻煩㗎，成日都問我去咗邊，有時做緊嘢點應佢，有時忙到死都唔想應佢啦。」

　　女同事忽然講自己嘅家事，禿頭男又有另一番見解，無意中解答咗佢點解對同事嘅疑似偷情咁在乎：

「佢緊張你先成日問你去邊啫，我就係無咁做，結果老婆跟咗第二個我都唔知。我而家都睇到我女朋友好緊㗎，始終我哋工時太長喇，好易同啲同事出事。」

　　香港普遍工時都長，如果同事間關係良好，就唔止係朋友而係戰友，戰友並肩作戰到婚姻殿堂都唔少，不幸地結咗婚再遇到其他戰友嘅話，隨時發生感情，好彩揸的士就較少呢個情況，同事間都係聽聲唔見人。

　　聽住禿頭男繼續講行政部嘅八卦，另外兩個同事都係求其畀啲反應佢，可能都有啲後悔叫埋禿頭男一齊搭車。

　　去到旺角放低禿頭男後，車廂總算安靜返。一轉個街角，男同事就話改去九龍塘某時鐘酒店。我愕然咁望一望後鏡，見到頭先聽八卦聽到死氣沈沈嘅兩人，已經攬埋咗一齊，把握時間交換緊口水，咁我都唔廢話，反正避開咗去九龍東兩站嘅困境，對我嚟講係唯一嘅好事。

「點解要叫埋條口水佬上車嘞，如果佢將我哋啲嘢四圍講咁點算。」男同事問將頭埋喺自己心口嘅女同事。

女同事嘅回覆好有智慧：
「佢係口水佬啫，都係蠢人嚟，自己覺得啱嘅嘢就會死撐到底。咁啱佢又走，梗係叫埋佢一齊啦，等佢無咗疑心，仲會幫我哋撐㗎呀。如果佢喺後面睇住我哋上同一部車，無嘢都變有嘢啦。」

男同事略帶妒忌：
「唔怪得你無啦啦提你老……」

男同事嘅嘴忽然又俾女同事封住咗，直到女同事放過佢：
「唔好講家事，我哋仲 OT 緊㗎，一陣張單記得係你 Keep 住同界口水佬呀。」

乘客落車之後，我再度往旺角進發。呢程車真係獲益良多，首先係出 Bonus 載客出城賺多啲，之後明白到最八卦嘅人通常都留意唔到真正嘅八卦，最緊要嘅係，了解咗原來香港人都唔一定真係 OT 咁夜，只係收工後有「節目」啫，哈哈哈哈。

的士
TAXI

　　　　人與人之間充滿摩擦，歸根究底都係價值觀唔同而造成。一方認為啱嘅，咁啱係對方認為錯嘅，就點講都無用，甚至覺得另一方嘅諗法怪異絕倫。揸的士咁耐聽咁多心底話，唔少諗法由顛覆咗我嘅世界觀，到漸漸習以為常，真切咁體會到咩叫做「世界好大，咩人都有。」

　　　　喺太古坊上車去九龍灣嘅係一男一女，夜晚八點幾喺呢個地方上車嘅，都係幸運地，或偶然地唔使 OT 嘅金融界代表，就算已經放咗工，身上嘅西裝依然整潔、筆挺。兩個人分坐左右，綁好安全帶就繼續傾計。

　　　　充滿憂慮嘅女聲喺後座響起：
「我 Check 過喇，佢真係結咗婚㗎，我無行啦，睇嚟我都係注定孤獨一世。」

　　　　我趁住仲多車，抽空望一望後鏡，發現女乘客都唔樣衰吖，何來有孤獨一世嘅可能呢？可能係瘦女人話自己要減肥之類嘅無病呻吟。

「哼，我都講過啦，結咗婚又點，鍾意人唔會有錯㗎，你係鍾意佢嘅咪去馬，邊使怕。」

　　停一停見女乘客無反應，男乘客意猶未盡，繼續發表佢嘅意見：

「我而家個男朋友本來都有另一個啦，最後咪又係同我一齊。如果佢哋本身無問題，又點會有我同佢呢一段關係，你真係唔使考慮佢嘅婚姻狀況，考慮自己係咪真係鍾意呢個人就得喇。」

　　聽完男乘客嘅鼓勵，女乘客嘅疑慮仲未消除，都好合理，如果佢根深蒂固嘅價值觀係覺得搶人老公唔啱，點可能聽完三言兩語就會改變。

「講就容易啫，如果我真係同佢一齊，啲人會點睇我哋。實話我搶人老公，唔知醜，佢又會俾人話拋妻……好煩呀。」

　　女乘客嘅炆，已經講到出口，至少可以知道佢係真係鍾意個男人，而唔係貪錢貪其他嘢，如果唔係就唔會炆啦。

　　男乘客舉出例子反駁，又好似幾有力：

「多鬼餘，你有無聽過霍金？坐輪椅嗰個科學家呢，佢個老婆咪又係照顧咗佢大半世，結果俾個護士趕佢走，仲結埋婚㗎，有咩問題啫。」

　　然後男乘客一直講霍金嘅愛情故事，大部分都係套戲入面嘅劇情，講到頭頭是道，又話「真正嘅愛情應該經得起考驗」、「就算有人話又點，兩個人開心先係最重要」，廢話太多，無

法——節錄。

我對霍金嘅愛情觀無咩意見，但就我所知，佢雖然拋妻棄子同個私家看護結婚，但係最後都係同個看護離婚，仲同原配和好，點睇都唔係勉勵第三者嘅最佳例子。

「邊有話搶唔搶㗎，感情係兩個人嘅事，唔係屬於任何一個人，佢老公唔係佢嘅資產嚟㗎，你捉佢返屋企就話搶啫，佢肯離婚同你一齊嘅，係佢唔要佢老婆，而唔係你搶走佢囉。」

雖然我難以認同男乘客嘅價值觀，但係呢句說話嘅邏輯又幾合理，所以我特登記低咗。女乘客都好似俾呢句說話打動咗，靜咗一陣反問男乘客，而家個男朋友係點搶返嚟。

我一聽到佢咁問就心知不妙，個男乘客咁多口水，你問佢嘅威水史，實有排講。想唔想聽都好，喺寧靜嘅車廂入面都無可能唔聽，聽聽下先發現個男乘客都幾傳奇，話說佢男朋友本來都係已婚，係俾佢觸發出同性戀傾向，起初仲諗住瞞住太太一世，但係經唔起男乘客嘅猛烈攻勢，決定離婚。而家男乘客仲盤算緊去外國結婚，香港唔承認都好，自己兩個人覺得幸福就得，聽到女乘客羨慕非常。

我覺得衰嘅唔係男乘客，而係佢現任男朋友。明明結咗婚，

即係同佢太太有份合約，有過承諾，唔同拍緊拖口頭講。毀掉一段真愛，去追尋另一段真愛，係咪合理呢？呢個問題真係當事人先答到。世界好大，咩人都有，你身邊又有無？

的士
TAXI

　　作為一部新界車，臨收工前返回新界東蹓躂係半指定動作，有客入咗新界又唔想出市區再搏，又唔想咁快交車，就會四圍服務下街坊。通常嚟講，各處仍未關門嘅食肆、娛樂場所門口都有的士守候，唔會有人 Call 車，但係，永遠有例外。

　　電話突然彈出一支柯打：
「中文大學逸夫書院去泰源。」

　　其時喺大埔大尾篤嘅我，一見到都唔係即刻接，因為我過去實在太遠，直至去到大埔工業邨都仲見到，我先考慮，反正都唔係近路程，去吧。

　　打電話去，聽電話嘅係一把粗豪嘅男聲，大概都係的士常客，落實咗柯打之後，就飛奔前往。去到逸夫，現場有二十幾人企喺度，清一色嘅 Soc Tee，擺明係唔知咩莊散會或者散活動。

　　打返畀 Call 車嗰位乘客，乘客果然就喺呢一班同學入面。人群中其中一個拎住電話嘅男同學行出嚟話：
「有車喇，我落去攞位先啦，你哋未去過。Becky、Sisi 你哋都上車先，Jack 你哋等多陣。」跟住又係你推我讓一輪，想等

多部車嚟到先上車。

「不如你哋快啲上車，我返轉頭兜埋你哋剩低啲人啦。」我同拎電話嘅人講，反正夜媽媽我都唔打算再四圍走，做多佢哋一兩轉好過盲目搵客。

　　權衡輕重之下，佢哋接受咗我嘅提議，搵啲人出發先。拎電話嘅人點名叫阿安、清水同 Steve 三個女仔上車，被選中嘅女仔推讓一下，就上咗車。其實我唔太分得出邊個打邊個，奇怪嘅名隔住車聽可能都有偏差，總之就係二女一男上咗車。

　　開車無耐，其中一個講嘢帶普通話音嘅女仔問：
「豆腐爸爸，這裡等計程車方便嗎？」

　　原來 Call 車嘅係豆腐爸爸，語帶輕鬆嘅佢笑住咁解釋，香港比台灣細得太多，基本上叫車都唔使幾耐。跟住佢哋談論咗啲上莊同校務嘅問題，例如有咩教授嘅科唔好揀，搭校巴攻略之類，又話如果唔知去邊上堂可以搵佢，聽完我對中大都了解咗唔少，相信三個疑似新生一定更獲益良多。吱吱喳喳咁落到火炭，我請豆腐爸爸確認多次係咪仲有人搵唔到車，有我就再兜一轉。

　　經過豆腐爸爸嘅確認後，我就再一次去返上車地點。現場已經少咗一半人，睇嚟路過嘅的士都唔少。第二轉上車嘅係四

個男仔，仲流露住中學生嘅氣息。同頭先好唔同，四個人上車之後有啲陌生，仲互相確認緊大家嘅名，同無聊地問大家讀邊間中學。跟住其中一個同學講起唔知李慧珍個 Canteen 喺邊，另外兩個同學都語焉不詳，仲有一個話好似近新亞書院。

難得我啱啱聽完豆腐爸爸講，就答佢哋：

「李慧珍個 Can 黐住陳國本、信和、仲有座唔知咩樓㗎，三座嘢黐住，你哋喺嗰度搭電梯上三樓就唔使行樓梯。」

佢哋當然就好驚訝我點解會知，我講返只係將豆腐爸爸嘅講解按記憶講出嚟：

「你哋問返豆腐爸爸啦，佢講得仔細好多。」

「個臭豆腐好賤格㗎，淨係理啲組女，唔會答我哋嘅㗎。」

「我問過佢路啦，佢話要自己撞下板先識喎。」

共同敵人往往係拉近關係嘅好方法，偶然發現大家都討厭豆腐爸爸重女輕男嘅作風後，四個男仔忽地熟絡起嚟，互相交換自己所知有關豆腐爸爸嘅惡行。聽落都係一啲常見行為，例如做 Project 唔做嘢唔開會，女朋友換完一個又一個，靠擦教授鞋攞分等等，聽到我幾乎想瞓覺。

「你哋覺得豆腐爸爸鍾意啲女而唔理你哋，唔靠實力上位好賤格咩？」我問一問四位同學，可能四位同學都正直，答案一致

地反臭豆腐。

「呢啲人你哋真係要多謝佢，畀個咁好嘅學習機會你哋。畢咗業之後個個都靠擦鞋上位㗎啦，去到邊都係女仔着數啦，你哋一係學下點應付呢啲人，一係咪學下點成為呢啲人囉。」我將一貫嘅社會黑暗論道出，希望幫到呢四個年輕人。

其中一個同學嘅答案比較特別：
「我明白實力唔等於能力，但係唔明白點解佢咁廢，都有咁多女仔走埋去。」

如果唔係見佢四個都唔太毒，就真係答都嫌費事。

「你哋有無拍過拖喋？」我先問最基本嘅問題，原來四位都未曾涉足情場，難怪會有呢個疑問。

「通常女仔鍾意嘅，表面上睇係靚仔有型或者有錢，但係實際上都係同一樣嘢，係睇個男仔叻唔叻。」

四個人明顯想講嘢，我強行繼續講：
「聽我講埋先，你哋想話個臭豆腐無嘢叻嘛。女仔叻嘅定義好廣泛，簡單啲睇係你要有啲其他男仔無嘅優點囉，可能好無聊㗎，打機勁過人，搵錢勁過人，其實係同一樣嘢，可能豆腐爸

爸特別了解新生嘅需要，都係叻呀。照你哋講佢成日擦鞋，咁可能佢好善於估人哋諗咩呢。事實就係人哋有女埋身，你唔好話唔合理，呢個世界就係唔合理嘅，一係跟，一係單身。」

「我哋仲以為做組爸就一定有得做獸父㗎。」
「哈哈，獸唔獸父睇個人修養嘅，只係做到組爸就容易啲吸引女仔注意啲囉，你估真係咁易咩？」講完，我就趕佢哋畀錢落車，唔好阻住我上去睇有無漏網之組女。

的士
TAXI

　　咩錢最好賺？有時候係女人錢最好賺，有時候係家長錢最好賺，有時候係大陸人錢好賺，我覺得，潮流嘅錢就最好賺。

　　嗰次喺上環文武廟附近，有個大媽感覺濃厚嘅女人，帶住一隻好靚嘅牧羊犬上車，雖然燈光唔係好夠，但係都睇得出隻狗毛色分明，眼睛白得清澈，睇嚟都幾健康。要去嘅地點係北角糖水道，開車未到蘭桂坊，我就讚佢隻狗好乖，好聽話，同時撳定寵物附加費。

　　「你鍾意呀？賣隻狗仔畀你養吖，最多計你平啲。」乘客提出特別嘅建議，被乘客送禮或介紹生意都唔係第一次，但係企圖賣生物畀我就真係未試過。

　　「我無地方養呀，你做賣狗㗎？呢排應該好好搵啦。」我見今年養寵物嘅風潮愈來愈勁，所以先有咁嘅推斷。

　　「地方嘅嘢養養下就有，我有好多客住公屋都養到啦。唔養狗都得㗎，你鍾意咩我搵畀你，有啲人鍾意養啲奇怪動物，我都搵到畀佢㗎。」乘客忽然變成推銷員，不停 Sell 我養佢嘅寵物。

　　由於唔太熟路，我都懶得寸佢問有無得養熊貓，專心避開

忽然喺荷李活道停低嘅車,右轉上亞畢諾道。

　　途中,乘客不停講解養寵物嘅種種好處,我略為分心聽下,老實講,路邊長髮短裙嘅鬼妹,更加吸引我嘅注意力。不過偶然都有幾句飄入耳中:
「多個親人都好吖。」

　　我心諗:唔知邊個鄉下嘅人習慣將親人拎去賣?

「養寵物養得多,可以令養嘅人無咁暴躁㗎,你無養過真係應該要試下。」大佬,乜我而家個樣好暴躁咩?

　　我嘗試打斷佢嘅推銷:
「咁你而家帶佢去賣呀?」

　　乘客嘅答案令人詫異,因為佢啱先嘅說話喺我心中建立咗鐵石心腸嘅商人形象:
「點會呀?呢隻我自己養咗好多年㗎喇,唔會賣㗎。」
「自己養?你唔係賣寵物嘅咩?」
「賣寵物同養寵物有抵觸㗎咩?我哋就係鍾意佢哋,先用佢哋嚟做生意,好似花農咁,唔鍾意種花又點種到好花呢?我都係鍾意狗,先會研究養佢哋嘅學問,跟住入行做生意咋。」

　　乘客嘅解釋又好似幾合理,只係根深蒂固嘅寵物商人形象

一時間實在難以消除，我決定再試探下佢係咪為咗賣寵物而扮嘢：

「養寵物咪就咁養，有咩特別學問？我聽講繁殖動物唔難，最主要都係搞掂食住就 OK。」

「梗係唔係啦，唔同動物需要嘅居住環境都唔同㗎，就算都係狗，唔同品種嘅狗所需要嘅嘢都唔同，尤其係香港啲空氣咁差又麻煩，淨係冷氣費都唔少錢。」乘客講嘅嘢愈來愈快，好似驚死我唔信咁。

「咁你咪識好多嘢？唔係點養咁多唔同冷門動物？」

我嘗試喺佢頭先講過嘅說話入面搵出漏洞，可惜乘客嘅答案依然係滴水不漏：

「嗰啲唔係我養㗎，我識有人養嗰啲啫。佢就真係勁呀，養親都生龍活虎，唔係點賣得出，分分鐘勁過啲動物園嘅飼養專家。」

「你諗下，我哋要賣啲動物出去，如果唔對佢哋好啲，佢點會有好表現，點會有回頭客吖。你送隻寵物去個客度，如果隻寵物死氣沈沈，或者病到五顏六色嘅，個客都唔想再養啦，所以我哋一定對啲動物好好㗎。就算係流浪動物，養得到我哋都會執嚟養㗎，養返健康之後又可以賣錢，都算係幫咗啲動物吖。」

　　乘客幾乎講到流眼淚，我決定唔再喺呢個問題上再追問落去。某程度上佢都講得啱嘅，寵物對商人嚟講就係識得生金蛋嘅鵝，每隻狗 BB 都係錢，為咗確保繼續有金蛋生，當然要養到佢舒舒服服。

　　行到告士打道時，慢流中嘅我見到另一部的士車尾玻璃貼住「領養代替購買」嘅貼紙，又再度向乘客搭訕：
「但係而家興領養喎，除非好似你個 Friend 咁賣特別動物啫，如果唔係邊有生意？」

「講就係咁講啫，真係想養嘅咪又係買嘅多，領養就好似買二手嘢咁，除非你同個暫養人好熟啦，如果唔係邊個知隻狗本身有無問題？」乘客咁樣講好似好啱，但係動物唔同死物，硬係怪怪地咁。

「即係而家啲人通常都直接去幫襯你哋？」我以為養寵物嘅人好似搭的士嘅人咁，網絡上講到的士佬十惡不赦，口裡聲言要搭 Call 車要領養，實際上身體誠實地直接畀錢了事。

「你知唔知，上網搵領養嘅人，唔少都會揀動物嚟養，見佢得意嘅先會有人領養，其實情況就好似孤兒院咁。不過如果啲寵物係得意嘅都無人會棄養啦，真係有心領養嘅人，本身都有養開寵物，佢哋又邊有咁多資源養幾隻，所以實際會去領養嘅人

真係唔多㗎。」乘客繼續用佢商人嘅角度解釋領養現象，對於我唔識嘅嘢，真係無咩能力插嘴。

　　去到北角電氣道一帶，沿途都有啲寵物店，但就咁望埋去，完全感受唔到乘客頭先講嘅，「給生金蛋的鵝一個五星級之家」，只係一間間牢房咁，唔同嘅寵物黐住啲玻璃，茫然咁等待未知嘅命運。呢啲現代嘅金蛋，生命嘅意義同金錢掛鈎，一旦遇人不淑，隨時變得好悲慘。睇住乘客落車後同牧羊犬並肩而行嘅背影，點估到佢係靠售賣生命維生？又莫非真係如佢所講，只有靠生命賣錢嘅人，反而更尊重生命？

農曆新年期間，唔少乘客都會一家大細咁搭車，可惜而家五人車愈來愈少，五個人遇着部四人車，一係等下一部車，一係分兩部車，兩個選擇嘅機率基本上係五十五十。見到五個人行埋去得一部四人車嘅的士站，本來唔打算停車嘅我即刻扭埋去，唔好放過百分之五十嘅可能性。

呢五個人，嚴格嚟講係四個成人加一個六七歲左右嘅小朋友，打開門後好合理咁俾前車拒絕，竟然唔死心，走埋嚟我部四人車度，我即刻鎖門開窗，避免不必要嘅麻煩。

四人當中比較年輕嘅男人率先走嚟猛力拉鎖咗嘅門，徒勞無功後先發現我開咗窗：
「司機，你又想拒載呀？」

乘客，你又想開年呀？

我姑念佢無知，平靜咁答佢：
「你五個人，我唔載得你㗎。」
「有無搞錯呀，細路都計？好細個咋喎，唔係咁都計呀嘛？」

隨住聲量嘅提升，唔少途人都開始留意到佢，但大家都

只係轉頭望一望，無理會究竟發生咩事，亦幸運地無人拔出武器——電話。

　　鬧完一輪，年紀較大嘅女人走上嚟捉住佢，耳語咗幾句，個男人就話：「你好嘢！我哋分兩部坐囉。媽，你哋坐前面嗰部，呢個賤人蠱蠱惑惑，我同 Tracy 坐佢車。」一句說話將前車都做過嘅嘢，連帶計埋落我度，合併投訴就係咁簡單。於是，一對已近退休年齡嘅夫婦，相信係呢個男人嘅父母，就帶住個小朋友搭前車，暴躁男人就同 Tracy 坐我車。

　　嚟好晒馬預備隨時打交嘅我，未開車已經出現我無法估計嘅情況……

「唔好意思呀師傅，我做戲畀人睇咋，我知我哋要坐兩部車㗎。去竹園邨吖唔該，唔好意思呀。」男乘客一臉誠懇咁透過倒後鏡望住我講。

　　香港電影業有得救喇！荒謬嘅諗法一閃而過之際，Tracy 已經忍唔住出聲：
「嚇死人咩？我以為你癲咗呀，做咩次次見到你阿媽就要上晒身咁啫。」

　　見人哋都出咗聲，我都唔執輸咁講埋一份：
「係囉，做咩戲，我頭先真係心都離一離呀。」

「咩呀，咪同你講過啦，我要教壞條契弟嘛。」

男乘客先同女伴交代，再分神同我講解：
「我做戲畀條細路睇，等佢習慣同聽多啲粗口，快啲學壞嘛。」

以年紀推算，我開頭仲以為個小朋友係佢兩個嘅，而家睇
嚟肯定唔喺，只可以用嚟打開話題：
「哈哈，個細路。我開頭以為個細路係你哋㗎喎。」
「黐線。」兩位乘客異口同聲講。

「我哋未結婚㗎。」
「我點會有啲咁樣衰嘅仔？個細路係我契弟嚟，同一個阿媽，
唔同老豆。」謎底，就喺嘻笑聲中揭開。

「所以你好憎佢，要教壞佢？」我一邊緊隨住前車，一邊問佢。

「憎佢？我係恨不得佢去死呀。佢憑咩出世呀？最好就訓練到
佢斬死佢老豆，咁就最理想嘞。」一講到個小朋友，男乘客就
激動到好似上咗身咁，講嘢嘅語氣、態度、內容都變咗另一個
層次，我都理解嘅，即係好似提起某啲官員咁，我都會突變得
咁激動。

「佢會唔會咁易學你呀？」我質疑地問道。

「梗係會啦，我係佢大佬喎，又咁照顧佢，佢見親我都好尊敬
㗎。」乘客嘅回答令我反質疑自己嘅記憶，頭先又話憎佢，而
家又話照顧佢？

「我梗係照顧佢啦，唔照顧佢，佢點會信我呀？」講呢句說話
嘅時候，乘客並無好似之前咁咬牙切齒，話語中嘅恨意反而更
深。

　　Tracy 無講嘢，唔知佢係習以為常定係沈默是金呢？我就
唔知點評價，所謂家家有本難唸的經，難唸係因為太過複雜，
好似乘客呢家人咁，佢哋嘅事我見到嘅只係表層中嘅表層，連
一般網絡公審式嘅片得到嘅資訊都及唔上，點能夠評斷乘客嘅
行為。家事費事問得太深入，反正問咁有偏見嘅人都唔會有公
允嘅答案，我將注意力移去佢嘅育成計劃身上。

「咁你諗住點對付你細……Er……個細路？」

　　本來諗住乘客都係淺淺地咁吹下水，甚至唔理我，點知佢
嘅答案非常詳盡，而且表達流暢，應該係反覆喺腦入面諗過好
多次先會咁。

　　簡單啲嚟講，就係每次見面都做一啲錯事，例如無理取鬧、
胡亂投訴、不合情理咁迎合個細路。

「縱到佢咩嘢是非黑白都唔識分，待人接物有咁衰得咁衰，最終成績點樣都好，都只會俾呢個社會唾棄。」

我聽到不期然咁點點頭，非常肯定呢個方法有效：「你咁樣真係實得喎，只係要花嘅時間耐咁啫，佢值唔值得你咁做呀？」

「值得，多多都值得，你又知我咁樣有效？」
「係呀，而家啲家長都係咁樣對自己子女㗎啦，佢哋大個一定變廢人，呢一點我真係好肯定。」

一路傾偈一路揸車，速度自然放慢咗，去到目的地時，前車已經落緊客。我再度見到乘客嘅媽媽，新老豆同傳說中嘅契弟，新老豆睇嚟都五十近六十，拖住個仔好似拖住個孫咁，果然人不可以貌相。男乘客一落車，即刻伸手召喚契弟，契弟都好自然甩開老豆隻手奔向大佬，Tracy 喺後面跟住，嫁雞隨雞，就算未結婚，都無咩動機去改變呢個關係。拖住契弟之後，乘客仲轉身望過嚟，表面上係拖返住 Tracy，但我肯定見到佢對我眨一下眼，寒！

喺傳播學嚟講，壞消息比好消息更有傳播價值，發佈嘅效率亦都較佳，所以網絡上就充斥住的士司機嘅負面評價，同樣道理，睇司機嘅討論區，又會覺得唔少客人都係意圖搵着數嘅。片面嘅角度往往遠離事實嘅全部，平心靜氣，不揀客不燥底，緣分到了，自然就有好客人。

喺銅鑼灣耀華街，兩邊都係行人，但好明顯都係去飲酒或者食糖水，唔會搭車。忽然有一個向前行緊嘅街坊裝大叔，擰轉頭望一望我，就遞手截車。服務街坊對我嚟講係唔抗拒但無好感嘅工作，既然見到，咪停車囉。

大叔見我停車，竟然無立即衝上車，而係彬彬有禮咁問：
「師傅，請問過海去唔去？」

我猛然一揮手示意佢上車，點知佢不為所動，繼續問：
「我去沙田喎。」

我心諗，居然唔係去附近？點都好，上車啦大叔，唔好塞住後面呀，等等，佢啲對白咁似《的士判官》嘅，為咗呼應返佢，我都粗豪咁皺住眉答佢：
「去呀！上車啦。」

　　上車後我主動同佢講唔太塞車，行紅隧過海都 OK，大叔繼續演繹《的士判官》：

「阿哥哥仔，你真係好好人喎。」

　　咁溫柔嘅大叔真係好少見，會唔會真係的士判官嚟㗎？我暗地裡嚇到震晒，好彩全靠喺辦公室政治風暴下訓練出嚟嘅演技，令我仲維持到笑容：

「無呀，應該做嘅咪做囉，你好聲好氣我咪好聲好氣，互相尊重啫。」

「互相尊重真係好難，要好似我哋咁做服務業嘅，先會明白互相尊重嘅道理。」外表唔太滄桑嘅乘客，偏偏帶出異常滄桑嘅說話。

　　我就算唔同意的士係服務業嘅講法，都同意佢箇中嘅道理：只有體會過客人可以幾無禮，先會喺成為客人時有禮。

「你做服務業㗎？我哋揸的士唔算啦，運輸業咋嘛，對客唔係服務範圍嚟。」

「我做酒店嘅。」

　　酒店？自從開始揸的士後，我先知道香港嘅酒店係多到數都數唔晒，每隔幾日就會有乘客帶我去一間我從來未去過嘅酒

店，真係唔知幾時先去得晒香港啲酒店。

「咁你應該係做啲幾高級嘅酒店啦，通常啲人有錢得嚟又唔係真係好有錢嘅就最麻煩。」

　　呢個矛盾又係要體會過先會明白，一個問題就測試到乘客究竟每日受嘅氣要去到咩級數。

「我做酒店禮賓部嘅，咁你估到我見嘅係咩人啦？」根據乘客嘅回應語氣，如果以十級為滿分，我推測佢返工時嘅受氣指數應該係九級。

「我明你嘅感覺吖，完全明白喎，」將自己同對方放喺同一陣線係最好嘅拉近距離方法，再者我都唔係呃佢：
「我經過都會上你哋度兜客嘅，唔少人都唔講嘢好有性格，淨係試過一兩次有啲口音嘅靚女去 JW 嗰邊好有禮貌。」

「嗰啲外賣嚟㗎，見到男人就識得笑，真係服務性行業嘅我哋要好好向佢哋學嘢喇。」乘客無詳述，反正雙方都明白「外賣」所指嘅係咩，畫公仔就唔使畫出腸了。

「其他客，特別係住客、嚟傾生意嗰啲，好多都無當你係人，個階級觀念好重。有時候正常對佢哋笑，會怪你憑咩對住佢哋

笑，病得嚴重啲嘅仲會因為咁而投訴你。」聽完乘客完整嘅投訴，先略為感受到名牌酒店職員嘅苦處。

處理完有關投訴嘅苦水後，我哋都過獅子山隧道，見無咩散紙，就預備同隧道職員唱：
「唔該，有無兩蚊銀呀？有就畀啲我，無就就你方便找就 OK 喇。」

我遞上五十蚊紙一張，最終找來一大筒兩蚊，同隧道姐姐一句「拎實呀，唔好跌。」嘅問候。

閂返玻璃之後，乘客再扮演的士判官：
「阿哥哥仔，你真係好有禮貌呀。」
「點解咁講，我都係講唔該啫。」

「你叫佢唔得就由佢喎，好難得㗎。我哋啲客如果有要求，係一定要達到，犯法嘢唔計啦，其他奇怪嘅要求我哋都要做到，如果你做唔到，就會俾做到嘅同事取代。」

乘客呢個情況，最慘嘅唔係賓客嘅無理要求，而係明明啲要求好無理，但都會有啲同事爭住做，結果大家都愈嚟愈難做，一去到呢個位，我都即刻有好多嘢同佢交流返，的士界何嘗唔係因為有好多司機做折，搞到經營環境愈嚟愈困難，導致愈嚟

愈多黑的呢。

　　兩個同病相憐嘅中坑，唉聲嘆氣完都明白，路，只可以繼續走。我見就出獅子山隧道，問埋佢見過最難忘最唔講道理嘅客人係點樣樣。

「係一個短頭髮嘅女人嚟，講嘢陰聲細氣，平時無乜嘢，一到有服務唔啱佢心意，明明係自己錯都可以發癲。嗰次呀，人哋都講咗話個梳乎厘要二十分鐘啦，未夠鐘都可以話人哋耐，仲要見到人哋拎出嚟先話取消，個侍應只係室一室，都無話唔得，佢已經爆人喇。」乘客嘅故事充滿仕莫名嘅失落。

「咁你點處理呀？」知識永無嫌多嘅，難得有酒店禮賓部在座，參考下都有利無害，只係有啲奇怪，點解會用「嗰次」，唔通係長期住客？

「我？我咪拉住佢走囉，唔係點呀，唔通鬧返佢咩。」
「你哋做禮賓部嘅 EQ 真係唔同啲，我對咁樣嘅客真係無咁好耐性。」

「如果我做緊禮賓梗係叫佢食啦，最慘嗰時佢唔係客，係我老婆，我臨走嗰陣幾尷尬呀。又唔可以同啲侍應講唔好意思，所以我從來唔同佢去我公司食嘢㗎。」乘客心中最難搞、最麻煩嘅乘客，竟然係佢老婆。

　　我嘗試設想一下既唔同意老婆嘅方針，又不得不企喺同一陣線嘅感覺，相信會係無奈之最。可憐呢位乘客返工放工都要禮賓，而從佢提及嘅生活片段，夜晚呢位貴賓似乎比日間嘅更難服侍。

的士
TAXI

繁忙時間嘅中環相當難截的士，就算 Call 車都唔易搵車，一來 Call 車即係邀請的士司機揀客，咁你唔係優質嘅訂單正常都唔會有司機接；二來繁忙時間車輛供應正常都唔會夠，如果繁忙時間都夠車，咁非繁忙時間就好大鑊㗎喇。

難截車，同時都意味住好塞車，幾經辛苦逐吋逐吋將部車搬到去中環，排滿隊置地門外，全部等車過大海嘅客，匆匆落客之時，隊頭嘅西裝友已經急不及待咁捉住打開嘅車門，泛白嘅手指仲緊過捉住女朋友，望住我等乘客落車嘅眼神好古怪，又唔似係心急，唔知佢想點。點都好，一落一上，有時就係如此天衣無縫。

「怡和大廈。」

我真係有一刻以為自己聽錯，呢個時候嘅行車時間加上佢已經付出嘅等候時間，如果行路已經到咗。

「對面馬路嗰個怡和大廈？」
「係呀，快少少吖唔該。」即落即上又無咩所謂嘅，反正有錢收。

　　一條馬路之隔，轉個頭就到，已經估算緊下個上車嘅會係老伯伯定係肥大鬼婆，點知乘客叫我停喺對面，仲唔好停錶，莫非係過嚟接人？等咗兩分鐘左右，門一打開，西裝友講住對唔住咁落車，再恭請一個白頭佬上車。

「笨蛋！搵部的士都搵咁耐。都唔知我請你返嚟做咩，都無效率嘅，你今晚搞唔掂開會啲嘢唔好走呀，做唔晒就返去做，明唔明白？」

「明白。」

　　軍隊式嘅問答結尾，真係好耐無見過，對上嗰次可能係睇《星球大戰 8》嘅時候。趕咗個西裝友返去做嘢之後，白頭佬先叫我去深井。

「頭先嗰個你夥計嚟㗎？佢真係幾搞笑，特登過到去置地廣場截車。」我嘗試扮到同白頭佬聯成一線，但係又唔想太踩西裝友。

「Jason？佢勤力仔嚟㗎，梗係要用盡啲啦。莫講話截車，叫佢做咩就要做㗎啦，我買部電視前都叫佢畀個 Report 我㗎。」溫柔嘅語氣好似講緊自己個仔咁，令我再一次確認 Jason 係頭先幫佢搵車嗰個西裝友。

「係 Jason 呀，以 Assistant Manager 嚟講都算係咁，你知啦，而家啲後生仔真係好唔捱得㗎。做多少少嘢又話工作合約唔包呢樣唔包嗰樣。」唔好理佢內容刻薄，白頭佬忽然慈父上身咁，等我開頭講嘢仲戰戰兢兢，驚死佢會好似鬧 Jason 咁鬧我。

見佢咁仁慈，我都放開懷抱將心中嘅疑惑講出嚟：
「我見你鬧佢鬧得咁甘，以為你好憎佢㗎。」
「我唔憎佢，你知啦，而家啲後生仔好懶㗎，唔日日鬧佢唔會肯做嘢，你對佢惡，佢先會驚你，驚你，先會畀心機做嘢。好似跑馬咁，你唔鞭到佢飛起，佢點會跑到飛起吖，所以一定要大大力咁『鞭』佢。」

佢一路講，一路真係猛力咁鞭落張梳化度。我內心不自禁對 Jason 感到可憐，諗返起佢上車時古怪嘅眼神，原來係恐懼嘅神色，連叫下屬截個車都可以令下屬感到恐懼，都可以推斷到佢喺公司嘅生活。

「你咁鞭佢，佢應該好做得嘢啦。」
「唔關事，我老細嚟嘛，叫佢做咩就要做，鞭佢只係等佢做得快啲。你知唔知我叫佢搵車，搵成十五分鐘先嚟到接我，你話我唔鞭佢佢點會做得快呢？」

十五分鐘搵車過到嚟，以繁忙時間嘅中環嚟講，其實已

經算快。個白頭佬又唔係即刻走，想 Call 車都無車應機啦，Jason 走到去置地搵車，未必係最聰明，但都算係穩陣嘅做法，再者，我唔知佢哋咩公司啦，但以 Jason 一個 AM 嚟講，照計工作內容應該唔包括搵車買咖啡啩。

「咁 Jason 做咗好耐？」我想探聽下 Jason 嘅年資，參考下究竟能忍人所不能忍嘅 Jason 究竟忍受咗幾耐。

「佢做咗都有兩個月喇。」只係做咗兩個月，分分鐘連試用期都未過，白頭佬講到好似做咗兩年咁。

「兩個月呀，佢係頂個舊同事？追唔追到上一手嘅進度呀？」
「講起佢上一手就真係躁。嗰條八婆我已經忍咗佢一次放產假㗎啦，點知佢過兩年又嚟生多件，咁即係玩嘢啫。一話有咗又話呢樣唔得嗰樣唔得，又話唔搭得飛機，咁我請你返嚟做乜。」

　　我終於相信白頭佬鬧得 Jason 狠，不過都唔係憎佢，因為當佢講起自己憎嘅員工係咁嘅反應。

「可能有咗佢都唔想呢？」面對用另一種邏輯諗嘢嘅老細級人馬，我都唔知自己講緊咩。

「咪唔想呀，一定係特登㗎啦，都唔知係咪同一個老豆，無呀，唔使諗，對公司無貢獻嘅就炒得。」

大肚炒得？我真係聞所未聞，產假唔關我事我無咩點理，但都仲有少少常識。

「嘩，你點炒佢？唔怕佢去勞工處告你咩？」我好崇敬咁講，差在未心心眼，務求得到最真實嘅答案。

「勞工處？勞工處唔係幫啲廢人搵下工嘅咋咩？乜原來有其他功能嘅？炒人有好多方法嘅，晚晚要佢 OT 做到死，佢自然就會走㗎喇，唔肯走咪再做多啲嘢囉，結果都係即刻走啦。」白頭佬講嘅伎倆我反而唔陌生，嗰啲賤男唔肯講分手咪用類似方法將女友變前度，又唔使開口，又達到目的，就算深深明白呢招箇中奧妙，都好難反擊。

「都唔會真係做到死啦。」我除咗懶輕鬆，都無咩嘢可以做。

「做到死都唔關我事啦，係佢唔捱得啫。HR 係咩呀，人力資源呀，資源唔用盡，就係浪費，浪費就係要公司蝕錢，我哋做老細嘅，唔可能要公司蝕錢嘅。」白頭佬繼續發揮，直到去到目的地。

用盡每分每秒，用唔到就趕佢走，白頭佬嘅思維果然同我哋呢啲打工仔唔同，難怪我住唔到深井。員工對佢哋嚟講只係資源，同公司嘅影印機、電腦一樣，出糧就當做保養，難怪佢

佢可以理所當然咁刻薄員工，喺佢眼中，對員工仁慈，簡直係對自己殘忍，但人又點會對自己殘忍呢？

出軌，本來以為係男人居多，事實上男人面對色慾嘅引誘真係難以抑制，但係揸的士揸得多咗，就會發現有第三者嘅人係無分男女，至少喺出軌嘅可能性上，係五十五十，平分秋色。

　　兩個喺醫院 Call 車嘅年輕女子，聽對話內容應該係實習醫生，一個係骨科，另一個就係內科，飛的去另一間醫院面試，兩人交流下唔同醫院唔同科嘅優劣，由於我哋最多只係病人，入咗醫院又無得揀，所以無咩留心聽內容，反而難以忽視嘅係兩個後生醫生嘅美貌。

　　突然兩人話題一轉，骨科醫生話：
「我自從上次撞返 Tony 之後就成日掛住佢喇。」

　　開頭以為佢哋只係同事，而家睇嚟應該係朋友，因為內科醫生答到呢啲咁少女心事嘅問題：
「使唔使咁戲劇性呀，搭船撞返中學前度，仲想復合呀？」

　　唔通我將會聽到一個浪漫嘅後現代愛情故事？骨科醫生下一句說話就將浪漫嘅情懷直掃落谷底。

「咁又無咁諗，Benjamin 對我咁好。」原來已經有男朋友嘅，

咁仲意圖編織綠帽？

　　內科醫生嘅諗法同我呢啲尋常男人好唔同：
「Benjamin 好啫，Tony 你鍾意喎，如果唔係就唔會掛住啦。」
「我都好亂，完全分唔到鍾意邊個多啲。」
「好易分啫，Tony 同你出去嗰陣你有咩感覺吖？」

　　睇嚟，Benjamin 頂綠帽唔係織緊，而係已經掂到頭頂嘅。

「嗱，我未應承佢去街喋，無派綠帽喇。」骨科匆匆忙忙咁強調，更顯得身有屎。

「咁佢搵你嘅時候你係咪有感覺先？係，定唔係？」內科醫生果然係科學家，情感嘅問題用數學非黑即白嘅方法提問，效果又幾好。

　　骨科都無 Hea 佢，諗一諗先答：
「有嘅，但係咁唔算綠帽吖。」

　　咁都唔算？咁點解自己男朋友同其他女仔講兩句嘢都有可疑？

「你個心已經出賣咗你啦，思想出軌有無聽過先？」
「有，咁唔係有人作呢個 Term 出嚟就代表係真理喋，我身心

都仲係 Benjamin 女朋友吖。」

　　骨科強調自己嘅身份。思想出軌算唔算出軌我未能夠得出哲學性嘅結論，不過喺語言學嚟講，佢句子入面嘅「仲」字已經出賣咗佢，「仲係」即係將會「唔係」啦。

　　內科似乎唔係好同意：
「你身點我唔知啦，你個心都有部分飛咗去 Tony 度啦，咁出咗軌邊有分多少……」

　　突然，骨科嘅手提電話響起，內科亦都停口唔講。

「喂，Tony？」骨科特登講畀內科聽，係 Tony 打嚟，仲搖到手腕嘅鋼錶鈴鈴聲，示意內科唔好亂講嘢。

「我去緊醫院喇，你嚟接我？唔好啦，我唔知 In 到幾點喎……Er……可能同其他 Housemen 一齊食嘢呢，你唔好等我喇，下次先啦好唔好？我而家未有時間表喎，再用 Telegram 同你講啦，嗯，多謝你呀，我會加油喇，Bye，Bye。」

　　同唔同嘅人講嘢就會 Chok 聲，特別係同有意思嘅人講嘢，通常都會 Chok 得特別溫柔，就算之前骨科話對 Tony 完全無意思，聽完佢講呢個電話嘅聲線真係無得呃人，何況佢頭先話有啲意思，而家更加強化咗我同內科嘅肯定。

「我都會加油㗎喇。」刻意 Chok 出嚟嘅溫柔聲,喺內科嘅口中爆出,我突然覺得車廂內嘅濕度急遽下降,東江水都俾佢抽乾。

「妖,你有無醫德㗎,一陣入唔到唔好喊呀。」喺呢個時候提醫德,我就算唔係咩正人君子都唔識得笑。

「我真係驚㗎,又無未來男朋友幫我加油。你唔好唔認啦,條軌出到火星軌道喇。」內科繼續抽水。

「咩呀,我都無應承佢。」
「你夠無拒絕佢啦,嗱,你問自己,如果一陣間佢照嚟接你,你同唔同佢出去先。」內科再度展現佢嘅科學家精神。

「我諗都會啩,睇下佢話去邊囉,同舊同學食飯都好正常啫,又唔係去佢屋企。」同舊同學食飯就梗係正常啦,不過嗰個都唔係舊同學咁簡單,唔通呢個醫生副修係語言偽術?

「即係想啦,一陣唔好拉我落水呀,我唔想同你哋食晚飯,睇劇我自己喺電話睇得喇。」內科已經睇死骨科今晚仲會身體出軌,打定退堂鼓。

「喂呀,你唔係咁呀?」骨科又要威又要搵頭盔,「咁我點同佢講唔得閒呀?」

「你咪話有嘢做呀，約咗 Benjamin 呀之類囉。」

內科嘅耐性似乎去得七七八八，我都係咁諗，因為骨科好明顯已經有晒全盤計劃，去應付兵長 Tony 嘅突襲，點知，我同內科都斷錯症：
「我係話點同 Benjamin 講今晚唔得閒呀？」

回想返骨科醫生頭先仲話自己身心都係 Benjamin 女朋友，點知又係演技派，我一定要記住佢個樣，有朝一日如果睇醫生遇到佢，要小心衡量究竟佢係咪用緊演技嚟醫我。

「仲話自己唔算出軌？你都諗住呃佢啦，你諗下點講囉，我唔知你哋平時點相處喎。」

「我都係想參考你啲經驗啫，拖住個食住個袋住個，我唔同你貓姐學同邊個學。」

一直以為骨科先係思想出軌嘅帽王，估唔到內科先係帽子戲法嘅專家。思想出軌算唔算出軌佢哋無結論，我只希望 Benjamin 可以盡快發現呢頂虛擬綠帽啦，你女朋友個心已經喺另一條軌道運行緊，就算你識揸太空船都無用。

TOTAL FARE :

TAXI
我的你的紅的
2

的士
TAXI

　　我成日都強調職業無分貴賤，亦都主觀地相信，大家喺道理上認同呢句話，但係實際上職業就係唔少人區別另一個人貴賤嘅首要標準。

　　無論上當幾多次，年輕嘅女仔始終容易令人有好感，上咗車嘅兩位女同學聲音清脆悅耳，目的地係教育大學嘅宿舍，睇嚟將會係兩位 Miss。（後來有人同我講教育大學唔係得教育相關學科讀，唔一定做教書，各位可以留意返。）

「點呀，你覺得 Edward 好啲定 Jackson 好啲？」大熱天時去完酒吧玩仲紮住馬尾嘅 Miss 問。

　　另一個小背心 Miss 睇嚟係非常優柔寡斷嘅人：
「我就係問你囉，我真係覺得佢哋兩個都對我好好。」
「點樣好法先？」馬尾 Miss 問。

　　小背心 Miss 解釋，Edward 就好細心，會記得小背心 Miss 嘅日程；而 Jackson 就好貼心，經常送啲小禮物。聽 Miss 嘅描述，睇嚟兩位神兵已經進入最後大直路喇，爭在邊個脫穎而出啫。

　　馬尾 Miss 好鍾意引導性提問，相信佢喺學校嘅成績應該都唔錯：
「你覺得貼心定細心重要吖？」

　　反之，小背心 Miss 就連落個決定都有困難咁：
「我覺得兩樣都緊要喎。」反覆聽佢呢句說話，我真係有啲躁躁地，可能因為揸車需要決斷，所以對唔決斷嘅人特別無耐性。

「咁你諗下佢哋其他特點，比較下邊個啲優點對你嚟講緊要啲。」聽馬尾 Miss 講嘢就舒服好多，就好似以前嘅老師開解自己一啲幼稚問題咁。

　　小背心 Miss 繼續唔知自己諗緊咩：
「有咩唔同呀，唔，最大嘅分別就係一個做警察，一個做律師囉。」

　　馬尾 Miss 都懶得答佢，「唔」一聲示意小背心 Miss 繼續。

　　小背心 Miss 嘅獨白實在太長，講講下馬尾 Miss 又插兩句嘴咁，我歸納返如下：細心 Edward 就做警察嘅，小背心 Miss 覺得佢啲經歷好型，例如捉下地鐵車廂入面嘅小色狼，驅趕啲送貨貨 Van 等等，又係警隊嘅射擊冠軍，好有槍王嘅感覺喎。最威嘅就係震嚇住啲屋邨黑社會，「同佢一齊好有安全感，唔會俾人蝦」咁話。

至於貼心 Jackson 就年紀大啲，係事務律師嚟，錢方面唔使擔心，所以經常都會送啲小禮物，做嘢好多時都係文件嘢，講到尾就係小背心 Miss 都唔係好清楚佢份工究竟係做咩。最吸引嘅就係 Jackson 已經有自己嘅物業，不過小背心話無上過去，「我都有女仔嘅矜持嘅，唔可以未一齊就上人哋屋企。」

就我嚟講，兩個人嘅分別都幾明顯，小背心 Miss 應該鍾意 Edward 多啲，事實上佢講 Edward 嘅嘢都深入啲，而且興奮得多，至於 Jackson 就抵諗好多，好聽啲係肯定可以保障佢哋嘅將來，現實嘅講法就係兩個字：「有米」。

馬尾 Miss 真係好老師嚟，無幫小背心 Miss 落結論，只係繼續引導：
「咁真係各擅勝場喇，我哋呢個年紀都要諗結婚啦，你感覺上邊個可以同你長相廝守先？」

「我覺得⋯⋯Jackson 應該可以可以同我耐啲啩，我估，做律師專一啲嘅。」

做律師專一啲？呢個理論係邊個講㗎，離婚大律師分分鐘仲多過打離婚嘅大律師啦，到底律師同專一有咩關係呢？

「Edward 我真係擔心佢會對我唔住，咁佢做警察咁受人歡迎，好難將個心交畀佢咁。」

　　警察受人歡迎？究竟受咩人歡迎？係咪受西洋菜街啲大媽歡迎，歡迎警察幫手趕走高質表演者？話雖如此，咁樣屈警察較為唔專一，我真係替 Edward 感到無辜，究竟小背心 Miss 係咪真係認識呢兩個人㗎？點解啲判斷全部用最表層嘅資料做論據，感覺上佢對 Edward 同 Jackson 嘅人品認識好似普通網友咁疏離。

　　「咁你都算係揀咗 Jackson，我都覺得律師可靠過警察，咁就唔好三心兩意喇。」馬尾 Miss 聽完小背心 Miss 冗長嘅資料後，總算有結論。

　　「但係咁喎，」小背心 Miss 到結論又要唔滿意：「我又覺得同 Edward 相處好似舒服啲，佢講嘢好好笑㗎，同 Jackson 一齊就好少咁放鬆。」

　　「咁你唔揀 Edward ？」
　　「但係 Edward 我又驚佢會出賣我，又怕佢做警察第日照顧唔到我，要我照顧返佢轉頭呢。」小背心 Miss 嘅糾結真係好煩。

　　入到教育大學範圍，馬尾 Miss 問：
　　「你問清楚自己，覺得 Edward 好啲定 Jackson 好啲？」

　　呢個問題咁熟悉嘅，咪一上車就聽到囉。小背心 Miss 面

對同樣問題，兜咗個大圈之後答案依舊：

「我就係唔知呀。」

　　我突然覺得咁認真聽晒佢哋嘅討論，嘥咗我接近三十分鐘嘅青春，為咗將呢份愛延續開去，我掉低乘客調頭離開教育大學後，即刻停車抄低重點。我聽小背心 Miss 講只係用咗一程車仲有錢收，你哋雖然畀錢買書先見到呢篇文章，但無論用咗幾多時間心機睇，所浪費嘅青春都及唔上 Edward 同 Jackson 多，我哋唔知佢哋花咗幾多時間去認識小背心 Miss，我哋知道小背心 Miss 無花心機去認識佢哋，在此我只可以恭喜最終嘅落選者。

的士
TAXI

　　香港人喺生活上大部分時間都政治冷感，就算係政治人物，平時都唔係成日見到佢哋，直到選舉期間，先忽然爆一大堆人出嚟話成功爭取乜乜乜，情況就好似足球世界盃咁，四年一度嘅足球狂熱期間，忽然人人都係足球專家，選舉期間，唔少乘客都爭住發表佢哋嘅意見，我亦樂於聽其他區嘅選民點睇佢哋嘅選區嘅。

　　上車嘅婆婆拎住一袋水果，講完去附近嘅地方之後，就問我食唔食橙：
「後生仔你要唔要個橙呀？食多啲橙有益呀。」

　　出於無功不受橙，加上媽媽話過唔好胡亂食陌生人嘅食物，我婉拒咗婆婆嘅熱情水果。

「真係唔要呀？食多啲橙啦，後生仔你過幾日記得投2號呀。」
話題轉得好唔自然，明明我又唔係住呢區，做咩叫我投2號呢？

「婆婆我唔係住呢區喫，你識得2號喫？」
「唔係呢區都投得喫，我梗係唔識2號啦，係倪小姐叫我投喫。」同婆婆講嘢，有時就係唔知佢哋講緊咩嘢，好似隔住個時空咁。

「倪小姐係邊個倪小姐啊？明星嚟㗎？」我當然知道唔係明星倪小姐，相信婆婆都唔知，只係想鬥九唔搭八。

「2 號個助理倪小姐呀，佢好好人㗎，你唔識佢咩？」婆婆驚訝我居然唔識倪小姐，但其實以我同婆婆嘅年紀差距而論，佢識而理所當然認為我識嘅人同事，實在多不勝數，我如實同婆婆講我唔識倪小姐，問返佢倪小姐有咩咁好人。

「倪小姐佢成日嚟探我㗎，我嘅仔女都係一年先嚟一兩次，倪小姐每個星期都嚟，仲會幫我整好多嘢……」聽婆婆嘮嘮叨叨咁一路數，呢個倪小姐會煮糖水又會煲粥，會換電視又會派禮物，應該係婆婆八十幾年嚟最好嘅朋友。

「今年我生日呀，都係倪小姐上嚟同我飲湯咋，我自己啲仔女又話要返工，星期六先嚟同我食飯，食完飯連水果都唔食就走喇。」

　　婆婆不無傷感咁講，我相信呢番說話佢無同子女講過，即係子女亦都無反駁嘅機會，於是我代答：
「可能佢哋返工放唔到工呢，而家好多人做到好夜㗎。」

「點會係呀，倪小姐話呀，佢哋寧願返工都唔想過嚟啫，我地方又細，佢哋大個搵到錢，咪唔想留咁耐囉。倪小姐都唔鍾意佢哋，話佢哋無孝心，好多人都係咁對老豆老母㗎……」

　　倪小姐係咩人我無概念，相信係一個幾屬害嘅 Sales，可以令婆婆完完全全咁相信佢，我睇就算倪小姐叫婆婆交啲錢畀佢去做投資買倫敦金，婆婆都會義無反顧咁支持，對於婆婆嚟講，倪小姐就係一個井，婆婆就坐喺井底，每件事都係透過倪小姐去睇。

「而家啲後生仔都唔理老豆老母嘅，個個都話要返工，又唔見倪小姐要返工？都攞嚟……」

「婆婆呀，係咪呢度轉左呀？」倪小姐賺你信任咪係返工囉，只係咁高深嘅道理，我都不太可能講得通畀婆婆知，節省啖氣好過。

「咁 2 號幫過你咩呀，婆婆？」我見倪小姐咁幫到手，諗住打聽下 2 號成功爭取到啲乜，令到婆婆咁熱愛啦。

「2 號呀，我唔識 2 號喎，倪小姐咪幫佢做嘢，咁佢都係幫我嘅。」等我仲以為 2 號會有成功爭取加裝汽水機，或者捉咗啲流浪狗呢啲嘅政績可以講下，而作為 2 號支持者嘅婆婆都應該講得出一樣咁，點知半樣都無。

「咁可能佢係嗰啲搞事嘅議員喎，婆婆。」

　　講真，我真係唔熟嗰區，唔知 2 號咩料咩派，純粹估計阿婆實唔鍾意人搞事，諗住嚇一嚇佢，就好似《Inception》咁，植入「了解下 2 號究竟做過咩」嘅意念畀婆婆。

　　當然，我係失敗嘅。

「佢搞唔搞事都唔緊要啦，佢做咩都唔關我事，最緊要佢肯畀倪小姐繼續嚟探我就得。我都八十幾歲啦，邊理得咁多，有人陪我就係我想要嘅。倪小姐叫我投票，我咪投票囉，都唔知佢哋做咩㗎。你都幫卜倪小姐投 2 號啦。」

　　婆婆嘅立場就好似獨孤九劍咁，我想盡辦法想改變佢嘅立場，但係佢根本無立場，如何可以改變？輕輕鬆鬆將我嘅陰謀完美咁擊敗。

「婆婆，我轉埋入閘畀你落啦。」
「好呀好呀，後生仔你真係好人呀，你要唔要食橙呀？」
「唔使喇，我夠橙喇。」

　　婆婆嘅生活其實好簡單，三餐加袋橙，等人上門傾計，就係佢餘下嘅人生，佢哋需要嘅唔係民主自由，亦唔介意何人執政，總之，有橙就好。對於滿心熱血嘅人嚟講，婆婆嘅取態好不智，但係呢個香港就係由唔少咁「不智」嘅人組成，既然講

求民主，有人民需要橙，畀唔到橙佢之餘，仲話食橙唔好，又點算得上民主呢？講真，各大嘅議員真係應該揸下的士，隨機聆聽市民嘅意見，點都好過坐喺辦公室，等人忍無可忍先上門申訴啦。

TAXI NO.   TAXI
SURCHARGE   HK$0.00
TOTAL KM   27.00
TOTAL FARE   打卡膠遊

的士
TAXI

非常地點，上非常乘客。

嗰次有個乘客，搭車去錦上路某村，出村無耐有人截車，本來諗住咁好彩喺呢啲深山都有人上車走，點知佢話去附近，帶咗我去大帽山軍營附近嘅村口。由於出返大埔、元朗都唔短路程，我決定穿過大帽山出荃灣，先接到呢批客人。

佢哋上車嘅位置係大帽山郊野公園停車場，嗰陣我啱啱交完水費，一上返車就有幾個行山人士走埋嚟，個個都揹住背囊型水樽，短衫短褲，露出嚟嘅肌肉線條令人醒覺，原來人身上應該存在嘅真係肌肉而唔係腩肉，但最引人注意嘅唔係強壯嘅腿肌，而係隔住玻璃都聞到嘅汗味。

拒載唔係我嘅習慣，於是呢四個人就上咗我車，佢哋都知道自己身上嘅汗味澎拜，所以上車時連續講咗幾次唔好意思，又主動叫我開窗關味，見到佢哋咁有禮貌，我都唔好意思話介意啦。出發時，佢哋先叫我往荃灣方向落山，不過就未決定到目的地去邊。聽佢哋討論，應該係諗緊去私家醫院照 X 光，定係去觀塘睇鐵打。

出於路程嘅考慮，當然係去觀塘好過落荃灣啦，所以我略

為關心一下：
「行山整親呀？如果唔太痛都唔使去醫院啦，照完 X 光咪又係叫你休息下就算。」

　　經過佢哋一輪討論後，最後都係決定去觀塘，先去指定嘅鐵打醫館放低人，再去 APM 放低其他人攞定位食飯，我暗暗替有機會坐喺佢哋附近嘅食客感到可憐。

　　做戲做全套，我補多句問：
「睇你哋都行開山吖，好少見咁樣唔小心扭親喎。」
「唉，真係唔好提，」似乎係扭親嘅人開聲，邊話唔好提邊忍唔住講：「啲人囉，亂咁扰膠袋，咁啱有啲泥冚住咗，一踩到就中招。」

「嘩，有啲咁無公德心嘅人行山，你哋都幾麻煩喎。」我講到好似好驚訝咁，其實都係扮出嚟，香港每個無七人到嘅地方，垃圾都係多得令人震驚，留意下高速公路附近嘅路肩，相信垃圾仲多過麥理浩徑，只有燈光照住嘅地方，香港人先似返個香港人。

「唔係多咗無公德心嘅人行山，而係多咗人行山，以前得啲行開山嘅人去行，行得山嘅都會錫住個山。而家行嘅好多都係業餘，啲裝備廢都算，又帶埋啲唔等使嘅嘢去，變咗有垃圾隨手就扰，點會識得帶定個袋裝垃圾。」其中一個乘客講。

業餘行山？應該唔會有人職業行山啩，點睇呢幾位乘客都唔似政府相關行山部門職員，咁唔通佢哋唔係業餘咩？我婉轉咁問：

「業餘行山？我真係未聽過呢個名詞喎。」

接下來幾個乘客爭住講嘢，可以話係一班經常行山嘅「專業人士」對間中先行山嘅「旅遊人士」嘅控訴。

「即係啲唔係行開山，睇完旅遊 Post 先行山嘅人囉。」
「行上嚟都唔係睇風景，欣賞大自然，只係為咗打卡。」
「啲垃圾咪佢哋扰㗎囉。」
「最麻煩係啲人又要打卡又要無腦，着拖鞋嚟行山，有咩事發生又要我哋救佢。」

「記唔記得上次行西貢嗰班着背心短裙嘅八婆？」

背心短裙咁敏感嘅字眼，馬上引起咗我嘅注意：
「着背心短裙去行山，唔係咁性感呀？」
「嗰班八婆性咩感吖，肉感就有，着啲唔啱嘅衫都算啦，人哋鍾意餵蚊我哋都無計。最阻住晒嘅係佢哋六七個八婆喺度大聲傾計，幾鬼嘈呀。」

「一個唔小心跌死一兩個就無咁多業餘人走去行山啦。」講得出呢句說話，都可以想像到佢哋對呢啲業餘行山者嘅怨恨。

懶係持平嘅我問佢哋：
「咁人哋白痴係人哋嘅自由，又唔可以阻止呢啲人行山嘅，好似我哋揸車都唔鍾意啲人慢慢遊車河啦，唔熟路、亂 Cut 線，但都無得對付呢啲人㗎。」

唔單只揸車、行山，各種興趣活動都充滿咗業餘玩家，憑咩我哋玩開嘅就有權趕絕唔係玩開嘅人？

「咁睇你點睇喇，事實係佢哋亂拋垃圾，影響環境，阻係阻唔到，但唔想見到佢哋都好正常啫。好似我今次俾呢啲人累到整親，等於你俾呢啲人累到炒車啫，咁又點會唔憎佢哋？」稍微冷靜之後，乘客嘅回答令我無從反駁。

喺鐵打舖門口落低兩個乘客，扭親嘅乘客似乎都幾嚴重，落車嘅速度慢到令後車響聲大作，我當然不作理會，反正最錯嘅又唔係我，更加唔係乘客，而係停喺兩邊違例泊車嘅人。

「下次去邊度行？」兩個未落車嘅乘客討論。

「盡量去啲無咩人嘅地方囉。」
「即係有人報過嘅就唔去得啦。」

我插口講：
「都唔一定嘅，你哋行開山嘅，去啲高難度嘅嘅行山徑咪安

全囉。」

「今次行麥理浩已經高難度啦，我哋咪又係踩膠袋。」

現實嘅例子，令我再度無從反駁，我只可以摸住自己個肚腩苦笑道：
「哈哈，咁我真係唔知喇，我去邊都覺得好高難度，或者你哋下次出國行山囉。」

「真係要度度。」

如果連行個山都要特登飛去附近嘅國家行，咁呢個情況都幾可悲。喺呢班行開山嘅人眼中，班為打卡呃 Like 嘅業餘行山者固然係阻頭阻勢，反之班唔識行山嘅人，其實都係想喺烏煙瘴氣嘅香港呼吸一口新鮮空氣啫。香港已經唔大，如果去到山嶺都覺得迫，真係唔知仲有咩地方可以去，或者係時候學潛水，先可以避開人流。

個人嚟講，都唔太抗拒姐弟戀，但係當喺街見到，就好似見到啲特殊傷殘人士咁，明知唔應該、唔尊重，都無可避免想偷偷望多兩眼。

喺中環摩天輪上車嘅一男一女，未上車前已經吸引咗我嘅注意力。女嘅打扮入時，妝容恰到好處，貼身嘅裙將佢美好嘅身材表露無遺，就算係裝胸作勢，至少視覺上依然賞心悅目。而佢雪白嘅手挽住嘅，係一個稚氣未脫嘅後生仔，斑駁嘅鬚根，被枕頭壓過嘅頭髮喺黃昏時亦然向上，皺到見痕嘅白色 Tee，點睇都唔似係成年人。

正當我覺得望實人唔應該嘅時候，個女人示意要搭車，畀個機會我進一步探討兩人之間非同尋常嘅關係。

「你話去邊食飯話？」細看之下，女人都唔係話真係好成熟，只係好明顯比男仔年長。

「我記得喇，去時代廣場吖唔該。」

男仔只係痴痴呆呆咁望住個女人，講出嚟嘅說話差啲令我笑出嚟：

「Jasmine，你真係好靚，我好鍾意你搽嘅呢隻唇膏個顏色。」

Jasmine 未講嘢先笑：
「真係咩？咁你買畀我嘅，梗係要搽啦。」

我偷偷喺倒後鏡望下，咪又係最普通嘅深紅色，不過我即刻告誡自己，唇膏嘅色澤仲複雜過電腦嘅色版，對於自己唔清楚嘅嘢，都係唔好妄下判斷。

男仔對住 Jasmine 好似好緊張咁，佢開口講嘢都要 Load 一 Load 先講到：
「不如⋯⋯我哋今晚去睇戲？」

Jasmine 嘅答案引入更多問題：
「食完飯去？睇咩先？如果睇到過鐘要加錢喎。不如咁啦 Alan，我哋一陣食完飯先算，好唔好？」

加錢？唔會有要加錢嘅情侶啩，唔通係補習姐姐與高年級同學？諗到都想笑，繼續旁觀其變，睇下 Alan 加唔加錢。

「你話點就點啦，我都想見你耐啲。」九唔搭八嘅回應，難怪要喺中學課程加入口語溝通考試，而且咁多人唔合格。

「Jasmine，我覺得你真係好靚呀。」無話可說嘅時候，重複

講返講過嘅嘢,實在唔係好辦法。

「我知道呀,今日聽你講咗好多次喇。」Jasmine 嘅語氣真係好似補習姐姐。

「如果你真係我女朋友就好喇。」
「傻 Alan,我今日咪係你女朋友囉。」Jasmine 唔係講下就算,真係伸長條頸叫 Alan 錫佢。

「我真係可以?」

　　Alan 面對粉頸嘅誘惑,居然仲可以忍住問埋先錫,真係唔知話佢係君子定 Kai 子好。Alan 將個嘴停留咗一盞紅燈嘅時間,然後又望住 Jasmine,Jasmine 又好好耐性咁望住佢,我就無咁好心機睇默劇,望返路面,轉入皇后大道東。

　　行唔到兩個燈位,Alan 遲疑嘅聲音又出現:
「我會唔會有機會同你真係拍拖呀?」
「你第時搵多啲錢,咪可以多啲約我出嚟囉。」Jasmine 你唔可以咁現實喫。

　　發緊夢嘅 Alan 都唔想面對:
「我真係鍾意見到你喫。」

「想見到我唔係好難啫。」
「我真係鍾意你㗎，Jasmine。」

　　Alan 大佬，有勇氣係好事，不過你究竟知唔知發生緊咩事呢？想將兼職變全職，唔單只付出嘅人工要以倍數計，仲要多好多福利，最大問題係，人哋都係會辭職㗎。

「你唔係真係鍾意我呀？唔可以咁㗎喎。」Jasmine 終於直接講出事實，無一路呃錢，做生意嚟講都算係良心商人。

「我真係鍾意你㗎，我忍唔住。」Alan 講咗唔可以講嘅嘢之後，總算流利咗。

　　但係同見慣風浪嘅 Jasmine 比較，就遠遠不如：
「講咗唔可以就唔可以，我唔會同客有感情㗎。再講吖，你知道我幾多嘢，咁容易話鍾意我？」

　　坦白講，就算佢哋唔係買賣嘅關係，我都睇唔出 Alan 有咩條件能夠打動 Jasmine，何況佢哋本應係明買明賣？

　　雖然係好殘忍，但係唔面對過風雨，個人就唔識得成長，至少 Alan 嘅反應快咗：
「我知㗎，對住你同對其他女仔感覺唔同，我會努力令你鍾意我。」

其他女仔？Alan 你生命接觸得最多嘅會唔會係罰你留堂嗰個 Miss Chan Chan 咋，可能都係，所以先會對補習姐姐 Feel 嘅 Jasmine 動心。

「你可以努力嘅就係搵多啲錢，因為我考慮男朋友就係睇錢同埋錢，你都合資格做我八個鐘男朋友㗎，想做耐啲就要畀心機喇。」

Jasmine 嘅愛的宣言令我開始發掘到佢嘅優點，就係罕見嘅真誠，鍾意錢嘅女人何其多，夠膽講出口嘅又有幾多個？

落車嘅時候當然係 Alan 負責畀錢，五毫子嘅尾數我豪畀佢，希望佢夠錢為 Jasmine 加兩蚊轉凍飲。Jasmine 都真係當 Alan 係男朋友，至少佢真係貼住 Alan 手臂嚟行，等 Alan 體會到女人身體嘅溫暖。初生之犢不畏婦，Alan 勇敢咁踏出第一步，都可以係一件好事，假如佢出於對 Jasmine 嘅愛而努力搵錢，全力以赴，假以時日無論追唔追到 Jasmine，都比起無動力搵錢嘅同窗成功。愛情從來係成功嘅催化劑，即使係來自一份扭曲嘅愛。

遇到帶住行李篋嘅乘客，只要環境許可，我都會落車幫手，打開尾箱。視乎乘客相貌嘅美好程度，同埋行李篋嘅重量，先決定搬唔搬。由於司機無義務幫乘客搬行李，所收取嘅六蚊係行李費而非搬運費，另外，唔係全部乘客都鍾意司機掂佢啲行李，為咗不必要嘅麻煩，袖手旁觀係最合理嘅選擇。事實上，畀錢大晒嘅心理，令額外嘅工作變得必然，多餘嘅幫手非但唔會令乘客覺得欣悅，反而有觸發皇帝癮嘅危機。冰封三尺，香港變得愈嚟愈冷漠，並唔係無原因。

　　年輕力壯嘅男乘客，配以二十四吋嘅金色行李篋，本來無必要幫手。但為咗將行李篋放平喺車尾箱，我出手將佢移一移位，發現個行李篋出乎意料之外咁重，幾乎拉親條腰，職業安全，真係半分大意都唔得。

「你個行李篋都幾重喎，買咗好多手信？」開車之後我問乘客，多數喺機場返嚟嘅客我都係咁樣打開話題。

「唔係呀，個行李篋本身重咋，本來我都唔知，老婆話好先買，點知又重又貴。」男乘客言語間流露出對老婆買錯嘢嗰種又愛又無奈，寂寞中坑的愛。

「咁無嘅，買咗咪用囉，反正我都成日要用。」一傾之下，乘客話佢係保險公司職員，經常要去世界各地開會，我笑指應該好高層先要咁樣飛，乘客嘅「講呢啲」反應，真係入型入格。

知道乘客做保險之後，我乘機問佢當時嘅熱門時事話題：「究竟我哋做人肉路障，出咗事，保險包唔包㗎？」

乘客忽然由感性嘅老公變成專業嘅保險從業員：「嗱，究竟真正有無得賠，或者賠幾多，就要睇返當事人嘅保單嘅，不過如果照法例寫呢，就唔關點解佢人撞事啊，司機發生咩事都好，理得佢啪丸吸毒、醉酒駕駛，撞倒人保險公司都要賠咗先嘅，跟住先追返個車主。」照佢咁講都好合理，保險公司係唔係都要賠咗先呢個講法，我都有聽講過。

「咁今次個司機死咗，入邊個數？」
「司機死咗就算佢唔好彩喇，呢個情況保險公司咪追佢遺產管理人，點追法就睇公司點做喇，基本上有幾多遺產就要幾多，未死反而可以破產喎，一身蟻就梗㗎喇，有幾大劑就要睇保險條款。」

「吓，咁譬如佢住緊層樓得佢名，咁佢啲老婆仔女咪好大鑊？」
好多人以為人死咗就一切隨風而去，包括我，點知仲有咁多奧妙。聽阿保險從業員咁講，以後揸車做犯法嘢之前，最緊要係資產轉移，或者留返條命嚟破產，唔好累到自己親人嘛。

講講下，我哋已經去到龍翔道，一直喺中線傾計嘅我，見話題差唔多完結，加上見到唔少巴士準備埋站，就諗住抽頭出中線。突然，前面部貨車做出相同動作，將個車頭突少少出嚟爬巴士頭。緊急煞車之下我同乘客都幾乎企起身，一秒之後貨車已經好似無事發生咁繼續前行，反正無碰撞，期望佢哋表示歉意只係天方夜譚。

「哇，呢啲如果撞咗就麻煩，唔知計邊個錯呢？」我問乘客。

「呢啲 Case 我做過幾次啦，你一定要好確認話自己無超速先，如果真係避唔到都扭過右邊，撞佢車身都唔好撞佢車尾，撞到佢車尾就一半半，總之唔好亂認錯呀。」

乘客憑住經驗吹大水，我姑且聽佢講，最實際嘅做法，始終都係避免任何交通意外。

講開保險又繼續講：
「就算我啱晒都好，Claim 保險都係一樣好麻煩嘅事。」

我自己好運未試過大金額咁 Claim 保險，只係道聽塗說，都知道啲文件來往、細節要相當清楚，如果牽涉到追第三者嘅賠償，隨時收得錢嚟都唔記得點解有嚹錢。

「係㗎，如果炒車，又要搞清楚邊個啱邊個錯，遇到啲識得玩嘅，就到期先隊一疊單畀你，你都好難搞㗎。黑心啲講，撞死佢都係坐幾年，可能仲易翻身。」

「咁又唔好，但係如果撞咗真係唔應該亂咁認錯就真嘅。」

呢個又係我喺其他前輩度聽返嚟嘅經驗，唔少交通意外嘅對錯都同我哋想像中大不相同，網絡上流傳嘅各式影片，公眾多數會用唔專業嘅法律常識進行聯合審判，偏偏去到現實層面嘅法律就完全相反。愈係輕微嘅交通意外，愈係考慮口供嘅重要性，真相往往係由口供推斷出嚟，事實係點從來無人知。我哋唔識嘅人去 Claim 保險就又煩又賠唔足，但係識 Claim 嘅人就可以將保單變成有效嘅掘金工具。

「點都好啦，師傅你要知道自己保單嘅承包範圍呀，有咩理由你揸的士唔知道點 Claim 保險㗎。」面對乘客溫和嘅指責，我都唔知點應對，保險對我嚟講就係「投保時就乜都包，索償時就乜都拗」嘅存在，要打破呢個枷鎖，就要讀多啲書，去溫熟啲條款，咁面對唔同嘅個別例子時，都識得用對自己最有利嘅方法處理吖。

爭產風暴，係最常見及吸引人嘅電視劇情節。佢哋最好睇嘅地方，係睇住班主角追逐一啲我哋覺得唔重要嘅嘢，好似《復仇者聯盟》爭奪無限寶石咁，睇住班主角打生打死，足以講足十年。現實中，我哋無咩機會爭奪電視劇情節入面咁龐大嘅遺產，頂多都係一層樓，一個戶口，可惜，喺人類嘅貪念之下，並唔存在多少嘅概念。

喺東區醫院，排到隊上車嘅係一男一女，女嘅頭髮夾住唔少灰色嘅髮絲，男嘅就得返左右兩側少量秀髮，以香港人壓力指數計算，過咗三十歲就可以係咁樣嘅髮型，無法由此而判斷佢哋嘅年紀。藉住上落客區嘅燈光，見到兩個人都皺紋密佈，個樣仲愁過生意失敗嘅我，爭在未眼泛淚光。

醫院上車嘅人，多數都抱住愁容，除非抱住 BB，所以我都唔多問，依指示直駛半山賽西湖大廈。

「咁你哋係咪決定搬入嚟呀？」男乘客問女乘客，語氣中又唔見得有幾哀傷，純粹係實事求是嘅討論。

「咁阿媽都出唔到老人院，你姐夫實想搬入嚟。」家姐冷然自若，再搬埋老公出嚟，增加壓力。

「我唔係唔想畀你哋搬入嚟呀阿姐，咁都要留返間房畀阿媽㗎？」細佬面對住家姐嘅天然懼怕心理，並無因為年長而消失。

「我都係咁諗，不過你又諗下，阿媽出唔出到老人院呀？出都係入醫院啫，仲會返嚟咩？」姐姐略為提高聲音。細佬嘅回答係一聲嘆息，就輕輕帶過。

　　我都載過一次老人院嘅乘客，係兩個大媽帶住個老婆婆由新田圍去新城市，兩個大媽唔知係職員定親戚，但放車尾箱部輪椅就寫明係老人院物資，婆婆基本上對外界無咩反應咁，兩個大媽都係自說自話，最深刻嘅係佢哋話婆婆嘅屋企人都極少現身，「如果婆婆走咗唔通知，可能班衰仔都係照過數畀公司」，唔知今次呢對姐弟乘客，佢哋媽媽係咪都係類似嘅情況呢？

「我哋要書房同你瞓緊間房得㗎喇，主人房同客廳留返畀你，OK？」又到「我的你的教室」嘅時間，唔係問題嘅提問有兩種：設問、反問，設問包答案，反問嘅答案融入問題之中，家姐呢句 OK，個語氣上就係不折不扣嘅反問，即係都唔預留空間俾細佬拒絕。

「咁我咪要搬嘢？有排搞喎。主人房又要執過先得，不如你要主人房啦，放嘢畀你放喺工人房囉。」細佬嘅反建議揭露咗佢哋屋企都幾大。

「我哋要主人房？嗯，一陣再度度啲位啦。」家姐採取拖延戰術。

沈默咗唔夠五分鐘，家姐突然講起樓價：「寶馬山呢邊啲樓賣緊咩價錢？不如賣咗層樓啦。」

「咩都過千萬，我哋嗰層就肯定唔止。你真係想賣？唔好啦，賣樓一定要經阿媽㗎。」細佬講起阿媽，就自自然然好緊張。

「哼，怕咩啫，你攞啲文件畀佢畫隻龜，佢都唔知咩嚟㗎啦。」家姐對細佬嘅擔憂，完全係視而不見，對母親嘅尊敬，就更加見都見唔到。

「唉，唔係咁好嘅，賣咗都無我哋着數吖，賣完都唔夠我哋各自買層樓。」細佬轉用另一角度希望打消家姐嘅賣樓念頭。

「乜咁貴嘅咩？你姐夫話呀，等阿媽都唔喺度之後，就一定賣咗佢㗎喇，總之我哋就一人一半。放心喝，家姐唔會呃你嘅。」

「咁你幾時將上次賣老豆港交所啲股票嘅錢畀我？」
「幫你買晒中人壽啦。」
「哈，即係倒晒落海啦。」

　　姐弟間講嘅話題係沈重嘅股票，但係語氣就講緊玩具咁輕鬆，突然兩個人好似年輕返咁。

「同唔同阿媽講好？」細佬事事都請示家姐，雖然我覺得佢其實有答案。

「同阿媽講呀？講唔講都無分別啦，唔好煩佢喇，要講都唔係今日講啦，你決定啦。」反之，家姐講嘅答案往往都唔係答案。

「咁跟住買邊度，我決定啦？」細佬繼續請示。

「無咩所謂，你話事都得，唔好買太遠啦，我哋都會去睇下佢嘅。」起初我以為佢哋講緊啲股票，後來先發覺唔似，買股票唔會理遠近㗎。

「阿媽實問點解老豆唔嚟睇佢，我都係等搞掂晒啲嘢之後再同佢講啦。」細佬終於唔再作出無謂嘅請示。

「你話事啦，老豆啱啱走咗，你咪等搵晒位放，等阿媽問開先講囉。」

　　家姐先用唔同嘅句子重複一次細佬講嘅嘢，然後又話：「我唔會去睇阿媽㗎喇，都咁耐無去。一陣睇下佢有啲咩唔會要嘅，就扰咗佢先啦。」

「係都扰咗老豆啲嘢先啦，阿媽都會問下佢自己啲嘢，老豆一定唔會再有意見，書房同我間房啲嘢多數都係我㗎，你唔好亂搞。」臨落車之前，細佬都同家姐關照一聲。

好耐之後我再經過老人院，見到有幾個老人家尚可以自己行出嚟曬太陽，而唔少人都喺房入面聽候職員發落。唔知道呢啲老人家，佢哋嘅屋企有無俾人分到呢？不過我諗身體衰弱到咁嘅時候，少少嘅個人資產，都未必會再在乎。

的士
TAXI

「師傅唔該可唔可以快少少？」
「司機揸慢啲唔該。」

　　對於唔同乘客嚟講，同一個司機嘅速度，可以同時處於太快同太慢兩個極端，通常乘客有禮貌嘅，我先會理會，如果無禮貌就唔會多理會，以下呢個乘客係唯一嘅例外。

　　喺土瓜灣上車嘅後生女，淺紫色嘅頭巾係佢最觸目嘅標記，更特別嘅係佢一上車就自動自覺戴好安全帶，咁有安全意識嘅年輕人，實在比較少見。喺土瓜灣一起步面對嘅主要都係紅燈同彎角，加上唔太熟路嘅關係，開車唔流暢可謂在所難免。

　　啱啱喺紅綠燈停定，乘客忽然同我講：
「司機可唔可以唔好跟咁貼呀？」

　　我心諗：靚女你都幾厚多士，停定咗邊有分貼定唔貼，只有分撞定無撞。

　　不過咁啱心情好，開聲答佢：
「你坐喺車唔覺咋，其實我哋同前面部車仲有好遠距離，夠兩三個人穿過喍。」

　　乘客無應我，呢個情況都唔係第一次，既然乘客聽唔到或者唔想回應，咁我就繼續做好自己本分，專心揸車。

　　轉到去太子道東天橋，乘客忽然大聲叫我：
「司機司機，可唔可以唔好揸咁快，八十公里喇，我有啲驚。」

　　坦白講，超速喺香港真係家常便飯，比普遍車輛略快嘅速度，其實係會更安全，不過呢個道理只有擁有呢個能力嘅司機先會明白，所以我都懶得解釋，略為減慢車速就算。趁住乘客講開呀，問走佢想行觀塘道定觀塘繞道去觀塘廣場，一般乘客考慮嘅都係較平同較快兩個極端，司機問得乘客路就係要了解下乘客想要邊樣，而唔係唔識路。

　　但呢位乘客開始展露佢獨一無二嘅一面：
「Er……邊條路安全啲就邊條啦。」

　　咩話？我唔係交通意外統計數據庫喎，觀塘道定觀塘繞道安全啲呢個問題，真係唔容易解答，但係都要答：
「觀塘繞道囉，無咁多車開開停停，會安全啲。」得到乘客肯定嘅答覆後，都差唔多到觀塘繞道入口，啱啱好夠時間選定行車線。

　　上到觀塘繞道之後，車速開始提升，心情都暢快啲。上到高速公路，車同車之間嘅距離遠吱，乘客無再投訴話行得快，

直到過咗 Mega Box。喺橋底九龍灣嘅車會喺呢度上橋,匯合返觀塘繞道,成為觀塘繞道第三條行車線,我行緊嘅慢線會自動變成中線,上嚟嘅車就係慢線,各行各路,互不相干。

危機往往喺最安全嘅情況之下出現:
「唔好,唔好呀!唔好撞埋嚟呀!」

震撼嘅慘叫聲,我懷疑隔籬個 296D 巴士司機都聽到,因為我擰轉頭想望下乘客發生咩事時,咁啱見到巴士大佬都望住我後座,又或者佢預備轉出中線啦。

坐喺後座左邊嘅乘客雙手抱住後腦,試圖將身體伏低,速度之快令安全帶都發揮作用,變咗乘客俯身向前,卻唔能夠伏低,模樣非常古怪。

我心入面係覺得幾搞笑,只係佢嘅慘叫真係好淒厲,唯有換上關切嘅語氣:
「無事喎,無交通意外呀,唔使驚。」

雖然,我完全唔知有乜可以驚。我講咗幾次唔使驚,乘客先慢慢睜開用力合埋嘅眼睛,重新確認呢個殘酷嘅世界仍然安全之後,先尷尷尬尬咁同我講對唔住:
「唔好意思呀,我控制唔到自己心情,自從嗰次之後,我就好怕出街,又無得唔出街,唔好意思呀。」

「嗰次？你係咪試過撞車呀？」我將語氣保持住同車速一樣平穩咁問。

「嗰次，係深水埗嗰次，喺對面街睇住部巴士撞埋去之後，我就好驚喇。」乘客講起深水埗三個字，都已經震晒。

我無追問細節，避免進一步刺激乘客，只係空泛咁安慰：「無事嘅，呢段路我揸得安全，好少機會出事。」

本來打算停紅綠燈時問卜佢哋嘅詳情，但到燈位時，乘客成個人擰轉望住車尾玻璃，似係擔心有車撞埋嚟。

「小姐，就算有車撞埋嚟，我哋都係避唔到㗎。」我情不自禁咁講事實，再一次引起恐慌。

「唔好呀，Touch Wood Touch Wood，」乘客猛烈拍打鋼鐵製車門：
「我真係好驚呀，瞓唔到，食唔落。」
「唔好意思，我知道嘅，你咁樣唔得㗎，點樣做嘢呀，或者睇下醫生好啲。」以乘客咁樣嘅反應，應該無辦法正常咁喺周圍都係車嘅馬路上面行。

「我有睇呀，好咗好多㗎喇，有時真係控制唔到，唔好意思。」

我睇乘客已經嚇怕咗唔少人，先會不停將「唔好意思」放喺口邊。

「唔咩好意思，都唔係你責任，係個巴士司機責任啫。放心啦，無事嘅。」除咗咁樣安慰乘客，我都做唔到任何事去幫助乘客，硬生生喺心底挖出嘅創傷，又點係三言兩語可以修補得到。

　　乘客落車前都好小心，再三張望先一下跳落車，淺紫色頭巾好快就混入人群中，消失喺我嘅視線之外。我小心翼翼咁跟足駕駛考試規定，擰頭望鏡打燈先開車。揸車嘅經驗愈豐富，小心謹慎嘅警戒就離得愈遠，呢個情況喺職業司機身上特別明顯，最危險嘅駕駛態度，並唔係專心一致咁超速，而係漫不經心嘅龜速，隨時撞完車，司機都唔知點解會撞。分神只係一兩秒之間嘅事，但就足以造成一世嘅影響，除咗直接被撞到嘅人，撞唔到嘅人都一樣有機會受到難以磨滅嘅傷害，一秒都唔能夠鬆懈。

自從智能手提電話興起，香港人就無再真正收過工，只要接通網絡，就有機會收到工作電話、電郵，講真，根本香港就應該仿效航空公司，Stand by 都要出糧。

　　夢境從來都係美好，現實係唔少人離開公司仍未能真正放工，要放得低，談何容易。幾時都好，喺咖啡室、餐廳，都見到有人不停講公事電話，覆公司 WhatsApp Group，喺的士上面講電話嘅，都不在少數，由返緊到返到屋企，都依然放不低。

　　沿住柯士甸道往紅磡方向，一身灰色西裝嘅男乘客，褲管已經被雨水染成深黑色，一路向前行一路頻頻回望，即使前面三部的士喺佢面前上客離去，佢都唔改變錯誤嘅方向，愈順住行車方向行，只會愈難截到車。好彩，咁嘅等客嘅車多過想搭車嘅人，我總算喺其他乘客出現之前，停喺佢身邊。

　　雨勢頗大，車門打開後，乘客先將拎住電話嘅右手伸入車箱，然後一邊上車一邊收遮，平時只係無聊玩意嘅自動伸縮縮骨遮，國家終於有適合嘅任務畀佢。

　　「喂，張生呀，Sor，啱啱上車，係呀，司機搵唔到有頂嘅位囉。去布袋澳吖。係係，我返嚟喇，張生，係呀，約咗陳總食

海鮮呀,你諗下幾時上嚟我 Office 試下啦,好,Bye。」

　　乘客講完電話,同我講:
「我去將軍澳善明邨,唔該師傅,你校細聲啲部 CD 機得唔得
呀?」咁有禮貌,我唔打算拒絕佢嘅要求,乾脆熄咗 CD 機,
以示聽到佢嘅要求。

「哈⋯魯,」高調嘅 Hello,分明係打畀熟朋友專用,可能係
約食飯之類。

「Akina 呀,喂係我呀,Sam 呀。喂,無呀,想搵你食飯同講
返上次單嘢咋,你嚟試下先啦,唔一定要做嘅,無嘢㗎,你都
會化妝㗎啦。唔,好啦,再講。」

　　Sam 好快就講完個電話,收線前嘅幾句講得特別急。嘆一
口氣,Sam 又打通另一個電話。

「Yo⋯⋯Man,Andrew,喂,我係安達臣呀,喂。你老婆咪
成日要化妝嘅,有嘢益你呀,快啲上嚟噴下啦,一陣你又俾佢
鬧呀。我嚟搵你哋都得㗎,支嘢咁細支,唔重呀,帶出嚟都得
呀。好好,再搵你下。」

「喂,April,你係咪話想約小學同學食飯嘅,不如我哋夾咗
先再約吖,你咪有五星戰隊 Facebook 嘅,咁不如你同佢哋提

下，再開個 Group 吖，跟住先 Add 我，我再加我熟嗰批囉。睇下假期約唔約得齊啦，唉，唔辛苦我哋辛苦邊個吖，個個都無心搞好個會嘅，得你叫做有心啲，我先搵你咋。到時等我派啲 Sample 畀大家用下啦。就咁啦，唔該你呀。Bye。」

Sam 講完呢幾個電話，又一口氣打咗四個電話，都係 Yo 唔同嘅人名，由 A 打到 B，內容依然大同小異，然後好熟絡咁叫人上佢度試嘢，又或者係去嘖嘢，聽多幾個相同電話，相信都係香港長做長有嘅工種，層壓推銷員阿 Sam。

同 Crystal 傾緊嘅時候，佢忽然講話有電話入，硬生生講咗句「得閒飲茶」就轉去另一條線。

「喂，Charles，點呀？」又嚟熟絡式打招呼，好似啲三唔識七嘅印度人一上車都會叫我「朋友」咁，但人哋唔識而咁做先感覺到個善意，Sam 同 Charles 互相認識而又咁做就顯得有啲生硬。

「決定咗喇？決定就搵日上嚟攞貨啦，唔驚，嗱真係唔驚，好快就有皇冠啦，我上次去公司個郵輪 Trip，有啲肥婆師奶識嘅人仲少過你，咪一樣做得起。你成日周圍飛，做呢啲副業就最好啦。係呀，上次咪話公司包咗隻船玩囉。今晚？今晚唔得呀，我今晚約咗陳總食海鮮，入到將軍澳喇，下次搵埋你一齊吖，

陳總仲勁過我，每個月都唔使點做嘅。就咁啦，下個星期三啦，你放工之後上嚟囉，好快就唔使再返工放工㗎喇。」

好一個「同陳總食海鮮」，起初佢一上車咁同張生講，然後話去將軍澳，我仲以為我聽錯，今次就聽得清清楚楚，佢真係話去緊同陳總食海鮮，睇嚟佢嘅母語係某一種謊言。最終佢真係喺將軍澳善明邨落車，當然我唔排除佢接埋陳總，甚至換自己私家車先入去布袋澳嘅可能啦，只係呢個可能性真係偏低。落車嘅時候佢仲係講住電話落車，我留意到仲停留喺 C 字頭嘅電話號碼，相信當晚佢一定會相當忙碌。熟嘅人叫多，唔似手一晚電話打唔打得完呢？打唔晒都唔緊要嘅，學阿 Sam 話齋，佢呢啲工無返工無放工，即係無時無刻都返緊工，反正佢賣嗰枝神奇噴噴仲勁過叮噹啲法寶，得閒自己嚟個顏射，又可以重新做人。

「三個女人一個墟」，充滿歧視嘅一句說話，可惜日常生活中唔少事都為呢句說話提供緊註腳。

　　上車嘅三個女人啱啱好分別代表老中青三代，白髮蒼蒼嘅微駝背婆婆，扶住佢上車嘅中年女人，同埋唔夠六歲嘅小妹妹。

　　中年女人扶住婆婆上車時，小妹妹已經衝咗上車並大叫：「司機哥哥，我哋去新麗花園呀，斧山道上面。」

　　啱啱坐低嘅婆婆講咗句說話，似乎係唔知邊度嘅方言，我聽唔明白。

「嫲嫲叫你唔好咁大聲呀。」

　　中年女人講完之後都同我確認多一次落客點，咁我先落旗開車。

「唔好搖啦，嫲嫲叫你唔好搖呀。」
「嫲嫲問你有無努力溫書喎。」

　　嫲嫲每講一句，媽媽就幫個女翻譯，嫲嫲應該係識聽廣東

話但係唔識講，因為全程妹妹都係用廣東話答。難得佢停一停
時，我問媽媽呢個係咩方言，原來係福建話，嫲嫲係福建人。

答完我，媽媽又同個女講：
「你今晚記得要聽嫲嫲話，要食魚，食菜，知唔知道呀？快啲
應承嫲嫲話你會食晒啲菜啦。」

聽住小朋友用唔正嘅 BB 話同嫲嫲講：
「嫲嫲，我應承你我會實再。」，嘴角真係不自禁上揚，人哋
嘅而乖嘅小朋友，真係好得意。可能留意到我嘅笑容，媽媽都
同我相視一笑。

「妹妹都幾乖喎，又咁聽嫲嫲話，都幾難得。」由妹妹上車後
嘅跳動次數推斷，我估妹妹其實乖極有限，至少係活潑好動型，
聽話得嚟都要幾花心血去教，但係對住人哋媽媽，梗係唔會踩
佢個女啦。

「Can you speak English?」媽媽忽然九唔搭八咁問我呢句，
我就答返佢我只係得好水皮嘅英文水平。

跟住落嚟我哋都係用英文溝通。

「聽你 CD 係《孤星淚》，你啲英文唔會差得去邊嘅。」媽媽話，
我即刻謙虛講返唔係，事實上我嘅英文真係差，聽得明但文法

全錯，我自問真係接受唔到，又懶得改變。

「我個女梗聽嫲嫲話啦，嫲嫲咁惡。」

媽媽挨上前，用僅可能聽到嘅聲量細聲講，一邊指住馬路，一邊用廣東話同婆婆講返：
「呢邊呀，你跟呢條線行就 OK。」

我都樂於同佢演呢一場戲，對住馬路指手畫腳，口中完全講另一樣嘢。

「嫲嫲成日鬧個女㗎？」我問返佢嫲嫲有咩咁惡。

「嫲嫲成日鬧我呀，咩都鬧我，個女見到都驚啦。洗衫煮飯都搵到嘢嚟鬧我㗎。」媽媽笑住指住個路牌講。

「咁你都幾辛苦喎，我見你頭先同佢上車咁融洽，以為你哋關係好好喺。」

「佢哋鄉下好睇重男人㗎，我哋做新抱無地位㗎。」

重男輕女嘅觀念存在喺老人家身上，好似好理所當然，但係我一直都諗唔通一個問題，就係好似奶奶咁，佢哋當年都係

被輕視、被歧視嘅一群，點解嫁咗咁多年之後又要重蹈覆轍，成為輕視人嘅一方呢？

「但係佢都幾錫個孫女吖。」我見佢頭先要個孫女做嘅嘢都幾合理，先有此推斷。

「梗係唔係啦，頭先佢係咁話我個女㗎，佢講得啱咪幫佢翻譯囉。日日都哦住我要生多個仔㗎，講笑咩，佢養呀？」笑住講不如意嘅事，似乎係香港人特有嘅技能㗎，而呢位媽媽正好就能夠將呢個技能發揮得出神入化。

　　正當我哋講得興起，小妹妹又拍打個窗，指住出面部巴士。婆婆同媽媽同聲鬧佢，媽媽一講咗句「唔好！」就開始聽婆婆講嘢。

「嫲嫲話呀，你再咁曳就唔要你呀，抌低你喺街，叫爸爸打你㗎。要坐定定，知唔知？」媽媽講完之後，小妹妹都似懂非懂咁，至少乖乖地靜落嚟。

「奶奶又話唔想要佢喇，仲話上次行街唔見咗咪好囉，做咩要搵返佢。」媽媽又轉頻道同我講。

「真係好難以置信呀。」我實在無能力表達太深嘅意見，去到 21 世紀居然仲有咁嘅思想，實在係可怕。

「我都唔信㗎，佢真係咁講我先無得唔信。」媽媽搖頭嘆息。

落車後見佢一隻手用力捉緊意圖四圍走嘅女，另一邊就扶住婆婆上臂，我睇呢個女人嘅生活都幾辛苦，簡直每日都係演技訓練。我諗呢個生活情況，佢老公都有好大責任，夾喺兩個女人中間固然辛苦，但調和雙方亦都係必然責任，又要聽阿媽話又要遷就老婆無疑係好困難，每個家庭唔同，唔係話要偏幫媽媽或者老婆，問題係呢個問題，係理所當然要由作為兒子、丈夫嘅男人解決，要自己心愛嘅女人戴住面具做雙面人，怕唔怕俾人笑？

香港嘅考試制度成日俾人垢病，填鴨式咁讀，機械式咁考，成績好嘅唔需要係勤力嘅人，寒窗苦讀而無應試技巧，黯然收場係無可避免。即使係咁，我依然幾鍾意呢個制度，特別係考策略而唔靠能力呢一點，完全反映咗現實社會嘅真實需要，熟知制度漏洞嘅技巧，當然遠比實際能力重要。近年愈來愈多人發現呢個特點，莘莘學子花喺練習策略上嘅時間金錢亦都愈來愈多，各種技巧亦愈見心思。

一個媽媽拖住個幼稚園小朋友，膊頭仲孭住幾個唔同藝術中心嘅袋，又係充實嘅星期六。上車之後，媽媽話要去太子「接埋哥哥先」跟住先返屋企。

「哥哥去邊呀？」

「哥哥去上堂囉，學計數，好似你學畫畫咁，上興趣班。」媽媽耐心咁解釋哥哥上興趣班嘅諸般好處，為細佬將來要上嘅興趣班、補習班鋪墊。

「即係哥哥都去咗玩呀？」

「你大個咪知哥哥玩咩囉。」聽媽媽同小朋友嘅對話，用簡單詞語表達複雜嘅意思，往往都好得意。好快就到太子聯合廣場，哥哥居然仲未落堂，Overrun 嘅嘢係好常見，但可唔可以唔係喺我等待嘅時候發生？

然後就一直喺聯合廣場等，每當有單獨行動嘅小學生出現，我都會期待可以繼續行程，可惜一次又一次咁失望。將近五分鐘之後，車門突然打開，一個初中生叫聲「媽咪」就走上車，估唔到哥哥比細佬大咁多。喺哥哥放低初中生特有嘅巨大書包時，以車廂厚膠地毯嘅高度吸音能力，都唔能夠完全隔絕書包放低時所造成嘅重物墮地聲。

「派咗 Mock 未呀？」媽媽一開返車就問。

「得六十幾分咋。」無精打采嘅回答，顯示哥哥都唔係蠢人，又或者媽媽經常問同樣嘅問題，直接跳步驟去最重要嘅答案。

「我問你派咗 Mock 未呀，唔係問你幾多分，題目問咩嘢你就答咩嘢，唔好懶叻跳步驟，一跳咪得六十幾分囉。」媽媽怪責味濃，但唔係鬧，只係語重心長咁指導。

「我有寫步驟㗎喇，但都係攞唔足分，好多題都好深、唔識。」哥哥都知道自己罪孽深重，再度未問先講答案。

「低分唔緊要，Mock 啫，又唔使計分，最緊要知道自己錯咩，有邊度衰、唔熟、唔識嘅就要改善佢。無嘢深嘅，只係你未識啫。」媽媽嘅安慰，相信係對哥哥最好嘅動力。解決媽媽嘅問話後，哥哥就撩細佬玩，又踢櫈又拍玻璃，我幾乎想開聲鬧，點解一個中學生哥哥配個幼稚園細佬就好似智商降低咁？

　　突然，一把更權威嘅聲音響起：
「今日個數學統測幾多分？」

　　媽媽碌碌下電話，唔知見到咩，引起佢聯想問哥哥。

「統測我有九十分呀。」哥哥暫停同細佬玩，語帶興奮咁講，睇嚟佢都等咗媽媽問好耐，終於可以攞出嚟威，滿心期待媽媽嘅讚賞。

「講過幾多次呢啲學校統測，都唔計分嘅，攞咁高分咪錯囉。」媽媽同樣地用佢嘅慢速句講。

「高分都係……」
「嗥，唔好講嘢住先，你要記住，計分嘅考試測驗，我哋先至全力去做，或者補習社啲 Mock 卷咁，真係幫到你嘅。學校啲統測呀，功課呀，全部都係無用嘅，就唔使咁努力去做，求其其就得，唔係驚你辛苦呀，係驚你同學知道你嘅實力咋。」媽媽講出佢嘅顧慮。

「我唔明呀，點解你唔讚我，仲要話我蠢喎。」在母親個責難面前，哥哥都只係小男孩，渴求得到媽媽嘅讚許。

「媽咪唔係話你蠢，你成績好我係開心呀，只係統測成績好唔算成績好，要計落考試嘅，DSE 嘅成績好，先係真正嘅成績好，

你明唔明白？統測嘅成績好，對你係無幫助喍，只會畀啲同學
知道你嘅實力，咁佢哋下次咪會努力囉，你特登考差啲，咁啲
同學先唔會提防你喍。」驚同學知道哥哥嘅實力而發奮努力？
我諗時下嘅學生哥應該無咁強競爭心啩。

　　媽媽見哥哥沈默不語，繼續發揮：
「你睇下你，小小嘅統測攞九十分就咁興奮，如果媽咪讚埋你，
你咪會飄飄然，下次正式考試就以為自己好叻，咁成績咪會跌
囉。你成日信心爆棚，媽咪就係幫你先唔讚你，你啲同學係咪
話你好勁好叻吖？」

　　哥哥嘅回應好細聲，但聽唔聽到都分別不大。

「咪係囉，你諗下你啲同學點會咁好心，喺佢地面前一定要隱
藏實力喍，知道唔知道？」
「知道喇。」

　　落車時哥哥自己負責返沈重嘅書包，再拖住細佬跑，或者
只有同細佬一齊低 B 咁玩，先至係最無壓力嘅時間。讀書讀到
考試要留力，一時又要盡力，真係少啲機心都應付唔到。定係
話要喺在學期間磨練出咁嘅社交手腕，先可以喺畢業後愉快咁
生活？有時候我真係唔怪責怪獸家長，要怪就怪我哋嘅社會同
原始森林無異，唔成為怪獸點生存？

的士
TAXI

　　以前打工嘅日子，公司唔大，Annual Dinner 都係去酒樓飲下茶食下點心了事，揸的士接載 Annual Dinner 散場嘅人多咗，先發覺 Annual Dinner 可以好大規模，仲要有 Dress Code，與其話係食飯，不如講係一場大型團隊精神凝聚大會。

　　喺洲際酒店嘅招魂燈呼召下，車輪不由自主咁轉咗上去。回想返呢啲酒店嘅的士燈，唔少都係狼來了，上到去都係得 Bell Boy 同你深情對望。但係搵錢嘅大原則下，係寧願白行十次，都唔好錯過一次，今次抱住白行嘅心理準備轉上去，就見到一大班着住同款 Tee 嘅女人，睇嚟唔係狼來了。呢一大群女人大部分都喺度高談闊論，有啲仲補緊妝，我實在唔明白夜媽媽成班同事着到大媽咁，扮咁靚畀邊個睇？

　　咁大班人同時散場，一部的士就好似鐵達尼號沉沒後嘅救生艇咁，斬手都爭住上。一班同事嘅情況就較好，不論真情定假意，表面上都相當客氣，作勢你先你先，十足請客咁。

　　一輪推推讓讓後，三個女人上咗車，分別去荃灣、屯門，住得遠嘅先上車，幾合理嘅。

　　「終於都捱完喇。」一群同事嘅身影消失喺車窗後，坐中間嘅

女仔講。

「我好劫呀，頭先坐喺 Mandy 隔籬，我塊面都硬晒喇。」坐左邊嘅女仔用兩隻手指撐起嘴角，模擬返頭先虛假嘅笑容，由於佢坐左面，我喺司機位望倒後鏡最清楚就係佢。

「Mandy 有無講返我遲到單嘢？」坐中間個女仔問。

「梗係有啦，Mandy 每次見到我哋都用你單嘢打開話題㗎啦，佢頭先仲提到 Lisa 㗎。」唔知佢哋扮笑扮得太辛苦，佢哋一邊講一邊用手按摩雙頰。

被提及嘅 Lisa 終於將注意力移離電話，首度參與對話：
「係？佢講我咩事？」
「Mandy 話你同 Vien 係咪唔多鍾意對方喎，笑死我，我話我哋三個係西北三劍俠㗎喇嘛，最多咪忙唔講嘢，都唔知佢點諗嘢。」

Lisa 聽完都哈哈大笑：
「Mandy 係咪傻㗎，佢上次先話完我哋一齊落去食煙食太耐，今日就話我哋不和，佢真係作家嚟㗎喎。」

Vien 都講：
「我哋食煙係食得多嘅，Mandy 佢判斷力差就全公司都知㗎

啦，又鍾意批評人，有無話你食齋唔健康呀 Pauline？」

「梗係有啦，話我食齋唔健康喎，唔通好似佢咁食到航空母艦咁先健康咩，總之啲人做法同佢唔同就係錯。」Pauline 嘅批評，加埋頭先 Vien、Lisa 嘅對話，Mandy 呢個八婆同事嘅輪廓，喺我心底逐漸浮現。

Mandy 或者係一個死八婆，但我肯定佢有一個其他同事無嘅優點，就係凝聚力。同聲同氣插同一個同事，比任何 Team building 都有用，而能夠引發最大凝聚力嘅，莫過於係老細，然後對落逐層遞降。相信車廂內呢三個乘客，一講起 Mandy 就會好團結，甚至係唯一嘅共同話題，因為佢哋數落完 Mandy 後，成個車廂又沈靜咗落嚟，直至去到荃灣，佢哋先講返嚟緊 Lisa 放大假嘅安排。大致上啲嘢都係分配好畀 Pauline 同 Vien 跟，有緊要嘢先 WhatsApp 遠在英國嘅 Lisa。

荃灣落咗兩個乘客後，我再問 Lisa 去屯門邊度。

「天頌苑先啱呀師傅。」Lisa 糾正我，「唔好意思，頭先聽錯你朋友話去屯門，Sorry 呀吓。」通常無歉意時我都好樂於道歉，唔使錢又令人受落，好好用。

點知我講完呢句，Lisa 即刻放低電話話：

「你無聽錯，佢哋話去屯門，不過我哋唔係朋友囉。」

同事唔係朋友呢件事本身就無咩特別，特別之處係 Lisa 特登要同的士司機澄清佢哋唔係朋友，咁成件事就好特別。

正常嚟講我唔會理佢，照去天頌苑就好，既然咁特別，我就唔用普通方法應對：
「對唔住呀，見你哋傾得咁開心，以為係朋友，Sorry 呀。」
「對咩唔住，唔係你錯。你覺得我哋係好朋友都好正常，因為我都係想做呢個效果啫。」Lisa 怒氣沖沖咁話唔你我錯，分唔到係唔係反話，唯有「哦哦哦」咁嘅反應。

「嗰兩個真係唔係我朋友嚟，小器到死，每樣 Job 都計到清清楚楚，如果唔扮到熟啲，放個假都俾佢哋插到量。對住我就笑住話唔緊要，個個都要放假，」講到呢度佢仲用手指撐住塊面，我諗呢個係 Pauline 嘅招牌動作，佢一做我就明，「對住人就笑背住人就小，佢哋都唔係當我朋友啦。」

「哦，咁做好同事都好嘅，要做到朋友就好困難。」

我本住滅火嘅心解釋，一時忽略咗 Lisa 係女人，喺女人怒火中燒時，火上加油先至係最佳滅火辦法，講道理只會令佢變本加厲。

「咩好同事呀，好同事都唔係啦，好同事係會保持客氣同距離，公私分明，而唔係好似佢哋咁扮 Friend 囉。」

見 Lisa 都係咁火，我唯有改變策略：
「係呀係呀，喺公司真係好多人好鍾意扮熟，所謂扮工室嘛。」
「呢兩個真係好鍾意扮熟㗎，又話西北三劍俠，我噚日生日，嚟緊放生日假，佢哋一句生日快樂都無講㗎，Vien 仲話結婚搵我哋做姊妹，結第二次先好搵我呀。」

講到毒舌，女同事真係無得輸，無講生日快樂啫，又話唔當佢哋係朋友，咁上心做咩。

「係呀，咁生日快樂喎，祝你工作順利，少啲小人啦。」唔使錢嘅祝福，我從來都唔吝嗇。

「多謝你呀，想聽句真心嘅生日快樂真係好難。」無心滅火嘅一句話，反而喺無意中滅咗把火。

「到咁上下年紀你就唔想聽生日快樂㗎喇，去旅行玩得開心啲，幾點機？搭唔搭的士？」

「多謝，上畫機呀，搭巴士得啦，的士咁貴。」拉唔到生意，都唔緊要嘅，至少呢程車都唔錯。

有利益衝突嘅同事難免互有機心，司機乘客咁樣萍水相逢反而可以坦誠相對，希望佢接收到呢句生日快樂，真係快樂啦。

「中學生應否談戀愛」呢個問題,我從來都覺得係偽命題。談戀愛嘅嘢邊有分應唔應該,只會分有定無。緣分嚟到有拖拍嘅,咪拍囉,如果識得拍拖,從戀愛中係可以更加了解自己,但學校同家長倘若一味打壓,視戀愛為洪水猛獸,咁只會令自己仔女少一個學習機會。話雖如此,唔少自稱開明嘅家長,當見到自己嘅仔女拍拖時,忽地都會祖先上身,將古時嘅價值觀帶到現代。

　　喺太古廣場三期,唔少商界人士都係喺度嘆完杯咖啡就搭車走。喺玻璃門前嘅的士,就好似摩天輪咁一部部等候上客,人龍車龍並存,效率上有啲浪費。終於到我上客時,上車嘅係一男一女,女人一望可知係商界人士,一整套端莊嘅寶藍色西裝裙,手上嘅名牌手袋唔會有人懷疑係唔係假貨;反之男人一派輕鬆自如嘅牛仔褲,薄薄嘅運動上衣將足球形肚腩表露無遺,相當舒適自如嘅打扮,只係喺呢個地方比較少見。

「去邊話?係,去太安樓。」

　　男乘客粗豪而隨意,同佢外表相稱,「各自去集合唔好咩,做咩硬係要我嚟呢啲地方會合你啫?」

　　相反，外表端莊而嫻淑嘅女乘客一開口，就令我改變睇法，再度警惕自己人不可以貌相：

「X 你咩，梗係有嘢同你講先約你出嚟啦，你估我好想對住你咩。而家個女拍拖呀，點算呀？」

　　起初女乘客話有嘢要講嘅時候，我仲估緊係咩國際性大事時，謎底已被揭曉。能夠將一個女仔拍拖視為世界末日嘅，相信都係父母長輩。

　　男人多數都唔輕易將感情外露：

「拍拖啫，又唔係結婚，有咩好擔心。」

「如果佢遇到啲好似你咁拋妻棄女嘅人咁點算呀 X？」女乘客講粗口時氣勢如虹，講個女時就戰戰兢兢，或者只有粗口先可以幫佢加強氣勢，呢啲咁無能嘅助語詞，我順手就刪除咗。

「唔好一竹篙打一船人，如果個男仔品格好好又有家底，你咪即係要個女好似你咁走寶囉，睇清楚啲先啦。」男乘客慢條斯理咁講，無處入手嘅感覺只會令女乘客更加躁。

「咩好似我咁呀 X 街，撇得甩你先係我最明智嘅決定囉，個女你都有份㗎，你快啲幫我諗辦法點拆散佢同條仔啦。」我估咗好耐，究竟女乘客同男乘客係咩關係，頭先聽佢哋嗰種熟悉得嚟嘅小不和，仲以為係兄妹，點知原來係離婚夫婦。

「我都唔明你擔心啲咩,拍拖啫,洗死咩。佢中三咋,讀書都無咩問題啦。」前夫不解咁反問,亦無意圖解決前妻嘅問題,其實都好合理嘅,如果佢會順攤妥協嘅話,大家都唔會離婚啦。

前妻怒火再次燃起:

「我頂你啦,個女已經中四喇。唔擔心,其他人就梗係唔擔心啦,但我點可以唔擔心呀?佢好似我咁遇着你呢啲嘢完過一陣就鬆嘅 X 街咁點算,至少等佢讀埋書先啦。仲有呀,你做咁多衰嘢,唔驚報應落個女度呀?快啲諗個辦法啦,就到喇。」

「唔係我唔肯幫你呀,但你諗卜而家咩年代先得㗎?禁止佢哋見面咩,聽你講都白痴啦,佢唔聽你講就更加唔會聽我講啦,我有咩辦法?」

男乘客嘅人品如何我唔清楚,不過佢對時代嘅觀察就肯定準確,今時今日要阻止中學生拍拖,可能仲難過要佢努力讀書。

「唔係叫你同佢講呀,你咪有好多賤招嘅,唔係一個都諗唔到呀嘛?」女乘客嘅目的原來係以毒攻毒。

「方法唔係無嘅,只係麻煩啲囉。個女係咪真係鍾意個男仔?有無上過佢屋企㗎?」

「有就一早講咗啦,我都唔知咁多,淨係見到佢電話有合照咋。」

「嘍，我有個 Friend 都試過，不過佢嗰個係仔嚟。」

又嚟你的朋友就是你系列？

「佢講得好，佢話小朋友嘅愛情係真摯嘅，要破壞呢啲感情唔係用唔畀佢哋見面呢啲物理方法，要植入心靈先得。」

咩嘢植入心靈呀，而家《潛行凶間》呀？

男乘客唔係打算講一次《潛行凶間》然後哈哈笑叫就諗住仕可以過到骨呀？我驚架車會發生血案喎。

「要破壞佢哋心中嘅純潔，就要由心入手。佢哋多數好白痴，以為有一生一世，諗住眼前嘅就係永遠……」

「得喇，多謝你教識我要帶眼識人。」女乘客忍唔住插嘴。

但男乘客無理會：
「所以要破壞嘅係呢份感覺，咁要破壞個男仔喺阿女心中嘅完美形象。」

「鬼唔知咩，咁要點做先得㗎？」
「最理想梗係你請人去撬牆腳啦，唔得嘅咪屈個男仔有第三者

囉，講笑，你記住提都唔好提你知道佢拍緊拖，多啲陪佢講嘢，講講下唔覺意講我啲嘢出嚟，講下我嗰陣呃你上床有幾花言巧語，講下我走嗰陣有幾決絕，點屈我都得㗎，我都唔 Care 嘅，咁佢自然就會對男人無信心啦。」男乘客毫無愧色咁講呢番話出嚟，我總算見識到咩叫理直氣壯。

睇嚟兩個人都離咗婚一段唔短嘅時間，至少女乘客應有嘅恨意唔深：
「食屎啦，我邊使屈你，照直講都夠啦。但係佢點會同個男仔散？」

男乘客臉不紅氣不喘：
「你講極都唔明，都話我哋控制唔到佢做咩㗎，只可以略為影響佢哋嘅諗法。一係咁囉，你扮到唔介意，畀個男仔上嚟，趁佢哋唔為意收埋啲 Condom 入去個男仔嘅書包度，再叫個女有機會檢查下有無呢啲嘢，咁佢 Check 到之後係反面定趕住俾人搞，就唔係我哋控制到嘅範圍喇。」

男乘客呢個做法真係絕，聽落好似仲無咩破綻。

「你真係賤，呢啲方法係咪平時都用開，咁都俾你諗到。」女乘客同我心諗真係不謀而合，咁有創意嘅方法都諗到。

「一陣走嗰陣，你再揭我啲衰嘢，等我車你一巴然後走先，等你有得同個女講呢個話題囉，好唔好？」離開東區走廊，即係就到目的地，佢哋終於講到迫在眉睫嘅行動細節。

「你就想，想乘機打我？諗都唔好諗咪呀，陣間睇情況啦。」
「咁我而家錫定你先囉。」未講完，男乘客已經錫埋去女乘客度，但係女乘客一嘢推開佢：
「食屎啦你，我有男朋友喫喇，你躝開啦，不如我一陣打巴你你先走啦。」

　　女乘客嘅建議都幾合情理，可惜再遠嘅路都有走完嘅一日，女乘客畀埋錢我之後，兩個人都落咗車，消失喺人群中。為人父母真係好困難，呢對父母雖然關係複雜，諗法異想天開，但係關心仔女嘅心都同模範家庭分別不大，唔理佢哋對個女拍拖嘅立場係啱定錯，每個家庭獨有嘅湊女嘅心法，真係唔係容易練成，最大問題係，仔女得一次機會成長，當中一係練成玉女一枚，一係直接走火入魔，無空間逐個方法去試，過分嘅擔憂，或者唔難理解。

的士
TAXI

喺水泉澳邨上落車嘅市民，我從來都未載過講純正廣東話嘅人，呢日終於有曇花一現嘅例外。

啱啱上到頂，喺樂泉樓落完一家四口嘅國語家庭，即刻有個女人跳咗上車，同我講先去河泉樓，之後再出尖沙嘴。喺水泉澳邨聽到流利而純正嘅廣東話，就好似他鄉遇故知咁感動，加上街客都出到城，更加係賞心樂事，但我一問佢河泉樓喺邊，車廂入面嘅氣氛一瞬間改變：
「河泉樓你都唔識去？你點揸的士㗎？你落去水泉澳廣場啦。」

的士司機識路係本分，但係每一個屋苑都咁多座樓，我唔相信有人會對全香港所有屋苑嘅樓宇分佈都一清二楚，河泉樓我就唔識去喇，載你去黃泉樓好唔好？

喺水泉澳廣場前啲嘅的士站等咗一陣，一對夫婦抱住個初生嬰兒出嚟，女乘客落車迎接。重新上車之後，女乘客由後座改咗坐前座，將後座讓畀新上車嘅一家三口。有人坐前座，我即刻將原本放喺前座中間嘅八達通收起車門邊，以避免不必要嘅誤會。

點知女乘客即刻兩眼上翻，輕蔑咁話：

「唔會偷你嘢嘅，放心喇。」

　　俾人揭穿咗，我唯有用藉口掩飾：
「吓……我放定過嚟就手啲，一陣過隧道方便啲咋。」
「趙小姐，真的好謝謝你，幫我們團圓，真係要請你食餐飯
呀。」後座嘅男乘客感激到幾乎喊出嚟，重點係水泉澳邨獨特
嘅「廣普話」，水泉澳邨上車嘅人就應該係咁。

　　趙小姐唔再執着我係咪懷疑佢偷嘢，轉頭回應爸爸乘客：
「唔使客氣，呢啲係我哋仕工分內事嚟嘅。B仔出咗世，就要
預備分戶喇。」

　　媽媽乘客都話：
「謝謝你，趙小姐，我們也是這樣想，就是怕麻煩。」爸爸都
講半廣東話，媽媽嘅普通話就帶住唔知邊度嘅口音。

「我諗緊係唔係要扮精神病？我聽朋友說扮精神病扮得好，既
有津貼，又可以分戶，對不對？」爸爸問。

　　可憐唔少香港人就俾種種嘅生活壓力迫到有精神病，呢個
新一代香港人就輕輕鬆鬆討論扮精神病嘅可行性，我幾乎想建
議佢，想有精神病嘅話其實好簡單，返工就得啦，唔使咁麻煩
喎。

「唔好，唔好，唔好搏攞白卡，」出乎意料地，趙小姐強烈反對呢個辦法，我仲以為扮精神病係好舒服嘅事「不要扮精神病，代價太大了，只有無樓嘅單身人士先會考慮呢個做法。」見到趙小姐強烈反對，明顯對趙小姐言聽計從嘅乘客一家，無堅持嘅打算，只剩餘少許好奇。

趙小姐作為一個社工，解釋得相當詳盡：
「你至少要失去自由三年，這代價已經犯不着。扮精神病沒錯係好容易，你說見鬼，有人跟蹤就可以，但證明有病，就要住院和住中途宿舍，都不是人過的生活，最大問題是扮病很容易，但要證明沒病就很難，可不可以上樓更不是我們說了算，不要多想。」聽講無病嘅人住精神病院，隨時無病變有病，趙小姐嘅解釋無誇大。

「那有甚麼方法可以特快上樓嗎？我們還打算多要一個孩子，如果還跟老人家一起住就太委屈了。」媽媽乘客追問，聽到幾乎精神病發嘅我都專心留意住。

「現在最有效的上樓方法，就是假裝離婚。」有別於一上車就鬧我嘅瘋婦感，呢一刻嘅趙小姐特別專業，可惜呢種專業無發揮喺正確嘅地方，就好似醫術高明嘅黑市醫生一樣咁令人惋惜。

「你們知道，一般而言等候分戶要符合很多條件，這不去說他。我們的捷徑是體恤安置，只要你們的婚姻出現問題，范太太帶

着兒子離開，很快便可以分配到一間新的房屋。」

　　范先生范太太一臉茫然，只有范 BB 有理無理繼續玩口水波，反正佢注定知足啲就可以衣食無憂，趙小姐口若懸河咁解說：「藉口我們到時才想，反正不外乎是婆媳糾紛、夫妻不和，然後我替你們辦理離婚手續，或去宣誓就可以，這個我一下子忘記了，要查一查，然後小齊跟誰住也可以，不要隨便更改就好，你們以後一起住也沒有問題，沒有人管的。」

　　「吸煙也有人管，竟然住房沒有人管，香港這地方真有趣。」范先生微微一笑，我聽到幾乎想喊。

　　「待會兒記着不用客氣，要吃飽飽的，反正主要是政府付錢，不要替我們省喔，趙小姐。」范太太好慷慨，我諗如果換轉係我慷他人之慨，都可以咁爽快。

　　趙小姐負責畀車錢，落咗車之後趙小姐仲好熟絡咁抱住范 BB 玩，喺路邊頂住猛烈陽光掃地嘅老人家，一滴滴辛苦嘅血汗，歷經轉折後就變成范 BB 嘅優質生活。開車之後我將八達通卡放返原位，無錯趙小姐真係無偷八達通卡嘅打算，因為佢偷嘅係香港人嘅幸福，點會在乎呢啲小數目。

TAXI NO.　　TAXI
SURCHARGE　HK$0.00
TOTAL KM　　38.00
TOTAL FARE　逐約

香港有唔少優點都不斷被蠶食緊，其中一樣就係工作合約。終身聘約喺今時今日幾乎係歷史詞彙，舊時父母親搵工都係搵間能夠過一世嘅公司，一做就用十年起跳，而家？做到一年已經偷笑。每年一度嘅續約期，打工仔就好似玩俄羅斯輪盤咁，睇下邊個可以留得低，或者呢個做法可以幫到員工練膽咁，但肯定練唔成歸屬感。同事間互相競逐來年合約，唔少人嘅關係比冰點更低。喺大公司入面求續約就好似大逃殺、食雞咁，生還者唔多，本質上係互相敵對，短暫組隊也未嘗不可，即係搞小圈子。

喺放工時間嘅觀塘，會真切體會到咩叫做人如潮湧，難得喺海濱道絲寶附近上到客人，諗住可以盡快逃離現場時，點知男乘客彬彬有禮咁提出咗個奇怪要求：
「師傅唔該你去觀塘碼頭迴旋處兜個圈，再返返嚟呢度吖，跟住先再去第二度。」

點解要咁做呢？唔通想喺安全情況之下調頭，唔會咁無聊咩。男乘客一上車就將個電話好似剃鬚刀咁放喺嘴邊細細聲錄音，我只好夾硬壓低心頭嘅疑惑，按指示開車。開開停停，停停開開，時間一分一秒咁過，車費一下都無跳過。

返到海濱道嘅對面線，男乘客忽然伸個頭上嚟：

「師傅麻煩你前面停一停上個人，前少少，未到未到，係呢個喇唔該。」

「呢個」係一個短頭髮女人，裙擺向外散開，令人無法判斷雙腿粗幼，幸而臉上歲月嘅痕跡仲可以由化妝品遮蓋。身手俐落咁跳上車之後，先嚟個激烈擁吻，即刻又分返開，叫我去九龍塘。

「新嚟嗰個 Samuel 真係好蠢呀，咩都要人教先識。」女乘客嗲男乘客。

我唔知男乘客心底點諗，因爲佢對女乘客太義無反顧咁贊同：「點止佢，阿 Keith 都係咁啦，連影印機點樣校訂裝，都要教佢兩次，然後仲可以印錯，啲後生仔真係好無用，我個女都叻過佢哋啦。」

「咦，又講你個女。」過咗男乘客上車地點後，女乘客直情貼住男乘客嚟嗲。

「好啦唔講啦，講返 Samuel。佢除咗蠢之外都無咩缺點嘅，我覺得。」

「蠢仲唔夠呀？我每日見住佢做嘢都激心㗎，仲要扮有耐性咁

教佢喎，真係諗起都唔開胃。」女乘客咁樣講，就好似深宮嘅娘娘向皇上批評啲太監咁。

男乘客嘅解釋比較獨特：
「蠢人有蠢人嘅好處嘅，我寧願多幾個 Keith、Samuel 呢啲死蠢，都好過多幾個 Bella 嗰啲醒目嘅八婆吖。」

喺女人面前講其他女人，仲要有褒義詞，燃起怒火，可謂必然，就算加咗八婆二字降溫都無用：
「你唔鍾意啲醒目八婆咩？未結婚唔啱口味呀？」
「點會有你咁好呢，」男乘客仲要來個一手掀起你的雙下巴來，中年情侶少年動作，感覺都幾詭異。

「講真先，呢啲人咁肯做嘢又唔蠢，隨時爬過我哋，咁我哋以後嘅日子就好難過喋喇。佢咁搏命，俾佢帶住就日日真 OT，無得咁樣假 OT 喇。」

「吓……唔制呀，我要同你 OT。」咁啱我停咗喺太子道西喇沙利道燈位，成部車因為女乘客嘅大幅度動作而略為移動。

「唔，一陣再慢慢 OT 啦。」悠長一吻後，男乘客言歸正傳：
「Bella 呢個人真係唔留得，要諗諗計。」
「你叫我點就點啦，我聽晒你話嘅。」又 OT，又想點就點，女乘客都幾鍾意語帶雙關嘅說話。

　　如果我係男乘客呢個時候一定唔再將焦點放喺 Bella 度：
「要你幫手先得，你同佢接近多啲，諗下點樣分多啲嘢畀佢做，
最緊要係夾埋 Samuel 嗰條蠢仔一齊畀說話佢聽，明唔明要
點？」

「即係點呀，我繼續排斥唔同佢食飯就得？」

　　但好明顯男乘客嘅心思完全飄咗去 Bella 度：
「唔係呀，我睇佢都係啲獨立嘅人，要諗下點令佢難過，難
過到唔想喺度做。咁啦，你哋咪有個八婆 WhatsApp Group
嘅，記得佢講咩都要加把口笑下佢，星期六日都煩住佢，叫埋
Miriam 佢哋一齊炸佢啦。」

「咁樣有用咩？」
「梗係有用啦，你估佢係你咩，人哋星期六日要陪男朋友嘛，
你哋咁炸佢，唔覆你又唔得，實好辛苦啦。嚟緊預備又搶下年
啲假期，你哋咪霸住晒啲長假，等佢淨係放埋啲星期六日連一
兩日仔囉。咁續約前就迫到佢走㗎喇。」

　　男乘客仔細咁分析，我本來仲想旁聽，但有個迫在眼前嘅
問題要解決：
「唔好意思，請問係去九龍塘邊度？」
「酒店吖唔該。」男乘客道德水平我唔多評論，但禮貌係幾好
嘅。

「咪住，我老公呢個星期唔喺度喎，去我屋企啦。司機唔該，去義本道吖。」女乘客忽然坐直咗個人講。

一聽到可以上人哋屋企，男乘客嘅注意力即刻由 Bella 去返女乘客身上，只有我覺得頗為可惜，因為的士載客去九龍塘嘅時鐘酒店，唔少都可以攞返二十蚊回佣嘅。

義本道嘅居民，都唔一定以義氣為本，無論對婚姻、對工作都係。起初我仲以為係娘娘向皇上求寵幸，點知係兩顆寂寞嘅心共同陣線，職場老屎忽之所以難以戰勝，就係因為無人估到佢哋錯綜複雜嘅關係，而且仲係密不可分嘅關係，咁孤身作戰嘅新同事，點可能喺逐約競爭上打得贏呢？

的士
TAXI

同本身並唔相識嘅乘客傾計，話題圍繞嘅都係車程中路經時見到嘅嘢，或者係當日新聞。有時候一啲行車時遇到嘅意外，例如遇到亂 Cut 線嘅車，好自然會成為司機乘客齊心鄙視嘅對象。

晚飯時段過後，一度沉寂嘅市區再度活動，架車上到順利邨，都有客落返觀塘，果然順順利利。咁短程都無咩好講，直到去到康寧道落斜。夜晚巴士班次較疏，前前後後都無車，咁就出事喇。

忽然一個黑影飛埋嚟車頭擋風玻璃，「彭！」，由於距離太短，基本上我係感覺到架車撞到嘢，之後視覺先感受到，被撞嘅黑影本來由車嘅左邊飛向右邊，但俾落斜嘅我撞到方向改變，向住落斜方向飛咗一段短距離，然後先落地。乘客同我同時驚呼，一齊注視住個黑影，落地反彈後依然向下碌，原來個黑影係一個籃球。

喺反射動作之下停咗車嘅我，見到黑影唔係生物之後鬆一口氣，正想繼續開車，左邊行人路突然衝出幾個高人，大呼小叫咁向下跑，睇嚟佢哋係籃球嘅主人。

　　其中一個仲笑住大叫：
「唔好走呀！」

　　坐喺冷氣車廂中聽到嘅我，不禁大笑：
「個波梗係唔鍾意佢哋先走佬啦。」
「咪係，愈叫愈走添呀。」講完目的地後無出過聲嘅男乘客，都忍唔住開口恥笑。

「啲波又幾寳淨，咁樣撞都無事。」第一次撞波，難免有少許新發現。

「睇下點撞咋，碌落車底就危險啲。」自從個波彈出嚟，男乘客一嚇就好似嚇咗返以前咁，「我好似佢哋咁嘅年紀嗰時都成日打到個波飛出街啦，幾個月就要換一次波喋喇，而家老喇，我都好耐無掂過籃球。」

「老咩嘢，睇你最多咪四十幾歲，頭髮唔白又無甩，怕咩。」
「唔係啦，而家點同呢啲後生仔打，打都打唔到咁耐啦。咦，個波碌咗出嚟喎。」

　　頭先一撞之下個波飛咗出老遠，沿住慢線碌落山，當我終於追到時，佢突然斜碌去快線。快線無車，不過佢一路碌緊過去對頭線，如果俾對面啲車一碌過就凶多吉少，但我無理由載住個客咁去救個波喋。

可能頭先嘅碰撞點燃咗乘客嘅籃球熱血：
「唔掂喎，班友仔跑得咁慢嘅，司機不如你停一停等我幫佢執
吖。」

「好。」講完都追到個波，我特登停前少少：
「後面無車，去啦！」

　　男乘客　打開右邊車門就飛撲出去，身手不減當年。我望
一望後鏡，確保男乘客都仲喺安全環境，但時間無多，山頂嘅
朋友已經落緊嚟。男乘客執起個波後，都即刻向上望睇下有無
車，假如為咗救個波而輸咗條命，咁唔係可惜而係白痴。

　　男乘客執起個波之後，第一時間將個波喺兩腿間穿過，先
起手拋去行人路界喼喼趕到嘅青年們。喺全程無甩手嘅情況之
下，型就係型嘅，問題係着住西裝褲咁做，有啲擔心佢型到盡
頭就是⋯⋯臨上返車之前，佢仲好型咁叫啲青年們下次小心啲。

　　見佢咁有霸氣，我都唔好意思問佢條褲有無爆胎，改為讚佢：
「勁喎，我真係無你咁好身手。」

　　男乘客去到呢個年紀，早已學會謙虛，但腎上腺素嘅作用
無可避免，語氣相當興奮：
「嘿，以前仲好身手啦，呢啲濕碎啦。」

跟住佢喺興奮之中又難免有啲無奈：
「我好想打籃球呀。」

乘客咁激動講呢句說話，我心諗你想打籃球咪打囉，我除咗肚腩之外，同安西教練無相同嘅地方，唔會唔畀你打籃球㗎喎：
「而家你都可以打㗎，最多咪打夜啲。班後生仔都唔會唔受你玩啦。」我見班青年人拎返個籃球之後行返去上山方向，所以有此提議。

「哈、哈，我都想呀，幾點呀師傅？我仲約咗條女九點七睇戲㗎，打波，哈、哈。」一返回現實，男乘客嘅腎上腺素立即消失得無影無蹤，啲「哈哈」笑聲慘過佢喊出嚟。

「咁都唔係日日要陪女嘅，放假都可以打下嘅。」我於事無補咁安慰。

「放假？坐監都有假期，婚姻係無假期㗎。」我講嘅放假係指星期六日，但男乘客理解成另一個意思，點知又對得上，好多時誤會就係咁形成。

「放工抽空打一兩個鐘，有無得諗？」我無咩運動細胞，只係用打機、寫書之類嘅嗜好代入。

「放工？放工莫講話打波，揸波都無力啦，就算有力，都要OT，一唔使OT，就要交人，其實咪又係OT，我連玩籃球Game都無心機呀。」聽見男乘客呢番說話，我有種太平紳士聽囚犯講感想嘅感覺，腦海連帶響起《黑獄斷腸歌》。

可能因為執波耽誤咗少少時間，男乘客一落車就望一望錶，然後快步跑上樓。我望下個鐘明明先九點多少少，又話睇九點七嘅？只係望一望鐘嘅時間，男乘客已經消失喺我視線範圍。男乘客嘅身手真係唔錯，只係上籃嘅步伐用咗嚟追車，入樽嘅彈跳力要嚟打飛甲由，婚前嘅三分球神射手，婚後就三點後不自由。「我想打籃球」呢句說話背後嘅原因，真係蘊含住唔少辛酸。

TAXI NO.   TAXI
SURCHARGE: HK$0.00
TOTAL KM   40.00
TOTAL FARE 公屋狗

的士
TAXI

　　寵物對於的士司機嚟講，經常都係一個引起糾紛嘅問題起源。關於寵物搭的士有幾條的士規例，好多人都知道帶寵物搭的士係要畀附加費嘅，而比較少人知道嘅係，司機係有權選擇唔載寵物，而且如果寵物整污糟咗個車廂，司機仲有權收返清潔費。至於可以收幾多，署方梗係唔會講清楚去減低市民同司機之間摩擦嘅機會啦。喺香港，合法運載寵物嘅交通工具少之又少，狗巴士有聽聞過樓梯響但又好似不了了之，喺解決到呢個問題之前，的士司機同乘客因為寵物而引起嘅紛爭，依舊會偶然成為網絡熱話。

　　筆者無養狗，連自己都未養得掂又點敢輕易負多個責任？只係見到有人帶狗上車，一般情況下都唔太抗拒。喺西環海旁，狗來狗往，有啲主人三五成群吹水，有啲就單獨行動，由得隻狗跟住，仲乖過啲人類小朋友。無客加上驚啲狗突然撲出，無阻人嘅情況下慢速行駛係正常選擇。

　　最終無白白慢行，上車嘅係一隻西施及其女主人，開門時我開定 Google Map，估計都係去我唔熟嘅西環區內居多。

　　怪，一上車傳來嘅係一陣怪味。西施狗呢類長毛狗，我唔知道適唔適合喺香港呢啲咁熱嘅地方養，只不過子非狗焉知狗

之樂？所以都係默默咁疑惑下就算。但今次呢陣怪味實在難頂，唔止係狗味、汗味嘅混合，仲有少少發霉嘅感覺，唔怪得無人同佢玩啦。然而狗不可以貌相，佢聞落係怪同臭，不過無咩大動作，算係幾乖。主人上埋車之後，我終於估到點解佢身上陣味咁怪，主人身上嘅香水味非常濃，夾埋熱天嘅長毛西施狗汗味，加埋就係而家車上嘅呢陣怪味。

「師傅呀，去環翠邨得唔得？」通常啲人問我問題，我都鍾意答一個出人意表嘅答案，呢一刻我真係好想答唔得。

　　不過喺強大嘅忍耐力推動下，加上女主人異常地咁好禮貌，我回覆佢一個正常嘅答案，再多問一句：
「當然無問題啦，帶埋狗狗去探朋友呀？」
「唔係呀，我哋住喺嗰度㗎，住咗好耐㗎喇。」濃香女主人嘅答案再度勾起我奇怪嘅感覺，環翠邨唔係唔可以養狗㗎咩？

「環翠邨？係咪之前好似可以申請豁免嘅地方之一？」
「係呀，佢媽媽咪豁免咗囉。」女主人嘅答案只可以用肆無忌憚嚟形容，豁免完應該唔可以再養㗎？

「咦，咁你哋點出入，唔怕俾管理員報寸咩？」我用企起同一陣線嘅方法，去探求女主人養狗嘅真相。

「保安都知啦，出出入入咪入袋囉，無嘢喎，佢哋都唔理嘅，

係啲鄰居麻煩啲囉。」睇嚟女主人真係非法養狗。養狗呢件事我就無咩意見，但係明知公屋唔養得狗都仲要養，咁同特登去唔食得煙嘅地方食煙有咩分別？

「吓……好少聽話鄰居惡過保安喎，養狗啫，咁得意嘅？」我話佢咁得意係諷刺啲鄰居嘅投訴行為，點知乘客理解為我對狗仔嘅形容。

「咪係囉，我都唔明白點解佢哋要同我過唔去，又話狗狗臭，又話狗狗吠，狗吠好正常啫，佢哋啲細路夠成日叫啦。狗咁得意，養佢哋自己都開心啲啦。啲人真係一啲愛心都無㗎，一隻狗仔都容納唔到，黑心，係黑心呀。」女主人奉愛之名，將所有投訴佢嘅人一律定性為黑五類，唔使仔細考慮人哋點解要投訴，煩惱嘅程度自然減到最低。

「不過始終法例唔畀養，你哋要養都好麻煩喎。」我問，心知肚明都不太麻煩，喺香港嘅官僚制度監測下，有心人要把握法律漏洞實在太容易。

「都係出入小心啲，無咩事。」女乘客對於點應付法例，顯然胸有成竹，而且感到不滿，「係賤格囉，根本就係迫害緊我哋，明明咁多人想養狗，個垃圾政府都唔肯改例，都唔知點計劃嘅。唔好講話狗吖，我哋霸咗咁多地起樓，搞到啲牛牛呀、馬騮呀

都無地方住，先會搞到佢哋成日走出馬路俾車撞死，我哋欠動物嘅嘢實在太多喇，一個人做唔到幾多，自己對動物好啲，畀個地方佢住啫，咁都有錯咩？」

女主人嘅愛心真係好冠冕堂皇，事實上亦都係咁，香港，以至全世界都對動物傷害甚多。問題係，咁唔代表可以跳過法例㗎喎？再者，有人怕狗、怕動物亦都係不爭嘅事實，人與人之間未做到共融之前，強行將犬隻帶入無準備嘅社區，未見其利，先見其害。

就到目的地時，女主人叫狗狗入返袋，狗狗都好聽話無扭計。我多口讚句：
「佢又真係幾乖喎。」
「係呀，我見親佢都唔吠嘅，可唔可以唔收寵物費呀？」見親女主人都唔吠呢句話，係咪意味住當女主人單獨出街時，狗狗喺屋企無想像中咁乖呢？

更重要嘅係，愛心，係唔應該超越法律：
「Er……唔可以唔收寵物費，就算我鍾意都係咁話，無得可愛就唔收，樣衰嘅先收㗎。」

「父母親」呢個名詞背後，往往係集偉大、無私、關懷等光環於一身嘅存在，無疑呢個都係事實，只係「爸爸媽媽」呢個身份本身無課程可以讀，只能夠憑住自身經歷去道聽塗說，佢哋各自嘅爸爸媽媽就係權威嘅比拼，關懷與資訊同時滿溢，要揀啱嘅資訊，可謂難上加難。

　　喺中環 IFC，上咗兩個着便服嘅女乘客。呢度所指嘅便服係同附近一身正裝嘅行政人員對比而論，如果呢兩位乘客嘅衣着過到對面海，就會顯得隆重。除咗服飾有別於人，佢哋嘅神情亦比旁人輕鬆，眼神氣質都散發住成熟女性嘅氣息，但係眉頭並無相應嘅皺紋。

　　講低目的地去壽山村後，兩位乘客討論返原本講緊嘅話題。

「我諗住畀 Peter 學埋德文，你個 John 呢？」
「最後都係諗住學德文，唔學西班牙文？我睇過個報告，話嗦緊世界主流係法文，所以而家仲未決定到呀。」

　　兩位乘客似乎都係媽媽，強調返，Peter 同 John 都唔係佢哋個原名，一來隱藏返主角身份，二來本身兩個名嘅發音太

獨特，根本記唔住，順帶一提，兩人傾計時夾雜住廣東話同英文，比例約五十五十。

Peter 媽話：
「我都唔係好肯定呢個年紀就學第三語言啱唔啱，唔知去國際學校面試睇得重唔重呢？」

「理得國際學校面試要咩吖，John 同 Peter 佢哋咁細個，我哋畀佢哋學嘢，最緊要係幫到佢哋個腦嘅發展。」John 媽話。

跟住呢句係全英文，好在我假假地都係讀語言學出身，勉強聽得明：
「一定要，你無睇過嗰個研究咩？英國嘅 Stupid 教授話，學多種語言會令小朋友諗嘢叻啲，快啲，組織力會強啲，不過呢個就後話啦。」

一嘢就抬個教授出嚟，成件事即刻好權威咁。訴諸權威係能夠有效提升說服力嘅其中一個方法，可惜大多數人都忽略咗「權威」本身係咪真係咁權威，特別係通街專家嘅今日，教授嘅銜頭已經唔能夠說服我，只能夠說服 Peter 媽：
「真係㗎？但係學多個語言，佢哋要同時學幾種文法，唔會搞到亂晒咩？」

「唔會㗎，愛丁堡大學有個博士話，佢哋啲同情心、愛心、想

法都會叻過學一種語言嘅小朋友㗎。你知唔知呀，佢仲做咗個實驗，搵啲老人家學其他語言，然後再做其他嘢，結果係叻過無學嗰啲㗎。」John 媽繼續拋出佢心底嘅權威。確實，學第二語言係對幼兒腦部發育有幫助，但聽講只局限於第二語言，而兩位阿媽所講嘅係學第三種語言，好唔好我就真係唔敢肯定。

然後佢哋仔細討論個老人家實驗，詳情唔多講，幼兒同成年人嘅腦部結構根本唔同，有咩好討論，另外，假設頭先 John 媽無講錯，呢個實驗都係論證緊第二語言嘅效能，同佢哋講嘅第三語言可以話係另一樣嘢。

廢話完一輪，佢哋進入另一個話題，先由 Peter 媽發動攻勢：
「今日我數過，Peter 應該識串二百幾個生字喇。」
「John 都差唔多，唉真係好驚佢會落後過其他小朋友。」難得地，John 媽無拋出研究數字。

點知佢唔拋，就到 Peter 媽拋：
「我都係呀，聽講英國有個慈善團體呢，統計過英國啲小朋友，讀幼稚園前平均都識得讀、串成二百個生字㗎。」

慈善團體？定係痴線團體啊？英國小朋友母語係英文，識多啲都好正常呀。

「咁都好正常吖，你知唔知呀，六歲前小朋友個腦嘅發展，係一生人入面最快㗎，佢哋兩歲半唔學到呢個程度，之後就好難跟，好易俾其他同學愈拋愈遠。」一講到比較，John 媽都相當着緊。

「係呀，你呢篇文我好似都有睇過，話啲小朋友似海綿嗰篇嘛，佢哋要吸收多啲知識嘛，所以我成日都話 Peter 係海綿寶寶㗎㗎，要有咁多吸咁多，索到脹卜卜就啱喇。」Peter 媽笑住咁講，聽在耳內嘅我只覺得 Peter 仔好可憐，最慘係媽媽用關懷之名去強迫學習，而且呢種強迫嘅迫切性係出於「英國研究」，究竟個迫切性喺邊，真係無人知。

自從身邊啲朋友升任父母後，開始諒解直升機父母嘅行為，周圍啲競爭實在太大，同時香港嘅生存環境實在太惡劣，個仔出世後就要開始負責，責任招徠緊張，緊張呼喚壓力，壓力導致誤判。自知每一個決定都會為仔女帶來深遠影響，結果每一個決定都無咗平常嘅鎮定從容。英國研究指出，嘗試放開啲，審慎判斷所得資訊，先可以成為一個專業父母。

```
TAXI NO.     TAXI
SURCHARGE    HK$0.00
TOTAL KM     42.00
TOTAL FARE   群下之臣
```

喺機場載客，有一種人明明老是常出現，但係又好難載到佢哋。明明係公司數，又要喺的士司機身上搲折扣攞着數，呢一種人，就係各種空中服務員。每次深夜喺機場排隊，喺網約程式都唔難見到「機場收工」、「機場定食」等附註，然後就一批批咁去 T1 落客區、三號停車場上車而去。由於多數空中服務員都係搭機鐵、巴士、折頭的士，所以喺機場的士輪候區，依足規矩接到空姐空少成為乘客，確實係相當罕見嘅事。

離遠睇，着住制服嘅空姐確實俏麗可人，上車講目的地時，先發現緊緊嘅制服包裹下，只係另一具俾工作壓到抖唔到氣嘅身體，相較於其他着西裝返工嘅人，空姐好似仲辛苦，真正嘅心理及生理上都抖唔到氣。

講完目的地之後，我好唔貼心咁問：
「好少見空姐搭的士喎，你新入行？」

如果空姐隨便答個單字，咁就唔好打擾人，如果佢滔滔不絕嘅，就可以慢慢傾。視覺上，呢位空姐殘嘅程度可比中環會計師樓半夜放工嘅人，唔知係咪時差嘅威力。

聽覺上，佢依然神元氣足咁答我：

「我做咗幾個月咋，你點知嘅？我真係咁唔似空姐？」

如果問我空姐有咩特徵，真係答唔出，着住套制服就係空姐啦，理論上更有儀態、笑容之類，但除低制服後，都真係唔容易辨認。

「唔係呀，你個法國包頭都仲算整齊吖。」其實喺呢個的士站上車已經唔似空姐啦，我揸藍的時就話經常載到（有機會再同讀者分享下啦），紅的就真係此生唯一，只不過佢好似好介意呢個問題，我唯有順返佢口氣講。

只係我嘅語氣可能唔夠肯定，出賣咗我嘅真實諗法：
「唉，我都知自己唔似空姐㗎喇，有啲同事私下都咁話我。」

我想像得到空姐之間都有辦公室政治、馬房文化、階級鬥爭，但無法想像點解會有空姐私下話另一個空姐唔似空姐。

諗緊點開口時，精神不振又瞓唔到嘅空姐繼續呻：
「佢哋話我唔合群喎，我諗住去到英國都係各有各做自己嘢㗎啦，點會估到只係唔去飲嘢都咁大罪吖。我都唔知做咩放咗工之後仲要同佢哋合群，返工時大家合作咪幾好，大家第一次合作，下一次都唔知係幾時，唔熟好平常啫，一定要去展示合群咁就好奇怪囉。」

空姐咁講又真係幾奇怪，同事之間唔去應酬好普通啫，就算被視為唔合群，都唔會排斥得咁明顯噃？

「可能佢哋都係想大家熟絡啲好傾啲啫，唔一定因為咁而杯葛你嘅。」我遲疑咁講。

空姐揸住嘅證據都幾實在：
「一定係，你唔使安慰我喇。你諗下，去程就正常嘅，大家第一次見都有講有笑；我拒絕咗去飲嘢之後，回程嗰陣，佢哋個嘴臉真係唔好提，啲小動作先乞人憎。我嗰行派餐派晒牛，叫阿姐畀我啦，佢話無，咁唔緊要㗎，無我咪同返啲客講囉。點知轉過頭佢就變咗一盤牛出嚟畀另一個阿妹，你話點會唔係杯葛我。」

咁樣睇又真係幾似啲辦公室小動作，只不過由高樓搬咗去高空上演，唔知飛機上面有無鬥唔換水、唔做嘢、迫新人照顧乘客之類嘅玩意呢？

「有人就有呢啲麻煩嘢，所以我揸的士囉，咁就唔使埋堆，唔使群埋做阿頭嘅臣子。」呢句說話我都唔知同幾多乘客講過，今晚又再一次型棍地講出嚟。

「我都想呀，以為做空姐之後，同事間無太多接觸會少啲呢啲嘢，點知都係咁。」空姐無處發洩，呻開又呻。絕望嘅事實上，

每一行都有佢嘅陰暗面，有燈就有人，有人就有紛爭，睇你能唔能夠克服佢㗎啫。

話咁快去到青馬收費廣場，排隊畀錢時我問：
「小姐你有無散紙？如果係五百蚊我畀佢找咗先。」

事實係真係要找嘅話我都找得出，只係找完就應付唔到下一個乘客，既然有隧道公司硬食，責任轉移係必然嘅事。可能我低估咗空姐搵銀包嘅時間，佢喺手袋左搵右搵，我都預備定錢，就到收費亭時，佢先話佢真係得張五白蚊，造成某夜青馬收費亭短暫延誤。攞住一疊錢畀返空姐，我先留意到佢鮮紅色嘅指甲崩咗一角，崩塌範圍唔大，只係因為搽咗咁鮮豔嘅指甲油喺面，缺口先特別明顯。

「搬餐時整到指甲呀？都幾明顯喎。」確認空姐袋好啲錢之後，我問佢。

「唔係呀，幫個大媽搬行李上架嗰陣整到，講起就痛。」

空姐呢個爆甲事件應該都幾深刻，但我無時間慢慢問了，只可以問我最好奇嘅一點：
「空姐多數唔會幫乘客搬行李㗎？」
「佢哋咪衰囉，我都係想幫啲客做多少少啫。我搬完行李整爆甲，都無人安慰我。」點知兜個圈，話題又返去空姐對同事嘅

怨恨。

「咁我都真係覺得唔需要幫乘客搬㗎，呢個係佢哋自己責任，行李費係運費，唔係搬運費喎，你見我哋司機都絕少幫客搬行李㗎，除非個客係老人家啦。」我覺得喺對行李搬運嘅態度上，的士司機同空中服務員係難得地同一陣線，同病相憐，唔搬係合理，但經常會因為呢一點而出現爭拗。

「係囉，我就係見佢係老人家先幫咋，點知啲同事話我幫得幾多個？又驚其他客見到又要幫，總之就無人安慰我啦。」

　　空姐第二次申述無人安慰佢，咁我唯有勉為其難：
「唔好炆啦，返工梗係有嘢唔開心，呢一程唔開心啫，或者下一程會好啲呢？你都唔知㗎。」我找返錢畀佢時講。

　　呢個空姐乘客真係幾唔合群，對群體而言，唔合群本身已是罪惡，而唔會考慮唔合群嘅原因。講真，我都寧願佢合群，同其他空姐一齊搭巴士，因為機場去荃灣真係好近。點都好，我已經提咗自己冷靜，臨開車前再提自己一次：
「唔好炆啦，返工梗係有嘢唔開心，呢一程唔開心啫，或者下一程會好啲呢？你唔知㗎。」

銅鑼灣耀華街，近來愈開愈多食肆，路過載到乘客嘅頻率之高，好過去時代廣場乾等。

　　當中有個小竅門嘅，就係見到有人圍埋一堆，只要情況許可就停一停，等一等，就會有人上車。

　　潮流嘅嘢，每一百年就翻一次，一個戴住雙圓框眼鏡，着住半身長裙嘅女仔拉開車門，感覺上就好似徐志摩上咗我車咁。正想幫個客閂門時，一股力道由支閂門棍傳上嚟，原來係由門外嘅男仔頂住度門：
「我送你返去好唔好？」

　　呢條街嘅缺點係，後面好快就有車嚟，實在無咩空間停車等候。所以個女仔一話唔好，我即刻強行閂門開車，唔需要遲疑。

　　見佢幽幽咁嘆氣，我就問佢係咪條友太急進。女乘客煞有介事咁問我：
「司機，我想問你一個比較私人嘅問題，你可唔可以認真答我？」

　　私人問題？呢啲嘢真係好難講，大家嘅標準都唔同，再開放嘅人都有不可告人嘅秘密。

「你問咗先囉，我答到嘅盡量答你啦。」面對呢啲主動求意見嘅乘客，戴個大啲嘅頭盔可保平安。

　　女乘客問嘅問題唔知有幾私人呢？佢竟然仲要先唞大氣：「司機，你點睇落過仔嘅女仔呀？」

　　一聽到呢個問題，但信人家心底嘅反應都一樣：莫非你係？但我同佢又唔熟，唔可能直接咁樣反問。認真，點睇墮胎呢個問題都有幾個層次，至少要考慮返個原因，係俾人呃定點先。俾人呃，無老豆嘅，墮胎或者情有可原，如果係貪玩嘅，又未必合理，總之唔會係一句說話可以答到。

「Er……有啲複雜，如果我唔識佢，都無咩問題嘅，又唔會影響到我。」喺個腦度綜合埋大量意見，最終都係決定保守少少。

「唔……假設啦咁，假設你鍾意個女仔啦，佢喺同你一齊前話你聽佢落個過仔，你會點睇？」呢啲假設性嘅問題我係唔會答嘅，我即刻諗起唔知邊個名人講過呢句。

「我諗個重點應該係喺同我一齊之前？咁都算個女仔誠實，都係好事嚟嘅。」難得地，我將真心嗰句同乘客講，反正只係假

設性嘅討論。

「咁唔會介意或者覺得污糟㗎咩？」女乘客顯然非常重視呢個問題，甚至乎鋪排咁多嘢就係為咗問我呢一句。

「介意呢，我覺得就無咩可能唔介意嘅。住二手樓可以忍受，凶宅就唔係咁容易接受。但係你講到話鍾意，嗯，等等……」借住轉線嘅機會，我再組織一下字眼。

「鍾意嘅話就會包容對方嘅缺點，根本唔介意嘅無咩好講，要介意而能夠接受，咁就真係鍾意。始終呢啲都係過咗去嘅嘢，人人都有過去㗎啦，我諗都唔係咁難接受嘅。」希望咁樣答，唔會太刺激女乘客啦。可惜，事與願違係香港常態，加上呢段說話都有啲長，符合咗講多錯多嘅原則，一句說話咁多關鍵字，等於不停踩地雷，總有一個中。

　　起初，女乘客嘅回應都好平靜，等我以為無事：「過去咗嘅真係接受到，問題係未過去呢。」

「落咗都算過咗去㗎喇。」有時同乘客溝通，真係好容易有誤會，因為大家都唔知道心入面仲有咩嘢未講，今次我又俾女乘客嘅冷靜外表呃咗咗。

「落咗嘅話梗係過咗去啦，問題係我無落到呀。我都唔知點同人講，唔通直接話：『你想溝我呀？ OK呀，溫馨提示返，我有個三歲嘅女喎，啱就嚟啦！』咁咩。」講到自己嘅現況，女乘客開始激動。

有危就有機，女乘客講嘢愈快，情況反而愈明朗，我同佢對答都唔使太多顧慮：
「咁又唔同喎，呢個係既定事實，無論好定唔好，佢要追你就一定要接受，爭在點講啫。」

講真，每個女人都必然有唔易接受嘅缺點，而且係改唔到嘅。如果將買大送細視為缺點，有意追求嘅男人真係只可以接受。進一步細心諗下，其實都未必係缺點吖，一個媽媽，理論上比唔少少女都成熟。經歷過失敗反而會更加珍惜。只係女方開口坦白嘅時機同方法就可能會有較多考慮。

「點講真係好大問題。特登講又好奇怪，等到佢問又驚佢覺得我呃佢。」女乘客講。

我覺得呢句說話好有意思，只有對住有好感嘅人，先會擔心人哋覺得自己呃佢咁，傾咗咁耐，我諗都夠安全揭穿佢：
「驚佢覺得你呃佢？即係都係有好感喎。咁就唔同啦，我諗儘快畀佢知好啲，係介意嘅點都會介意，但總好過瞞住佢吖，或者你搵啲 Common Friend 借啲意講囉。」

「我真係咩都驚呀，頂，好似十幾歲嗰陣咁。」女乘客都無再辯駁，對住個呢世都唔會再見嘅司機，有咩好尷尬。只係咩都驚，咩都緊張嘅問題，就唔係我所能夠解答得到。

究竟買大送細係優點定缺點？我諗鍾意嘅就會見到優點，唔鍾意嘅就會見到缺點。人人都有過去，帶住個三歲女，都只不過係三年幾前嘅過去，介意嘅，咪唔好追人囉。

```
TAXI NO.      TAXI
SURCHARGE   HK$0.00
TOTAL KM     44.00
TOTAL FARE   你生仔
             我找數
```

「邊寧頓街往屯門」

　　正當我諗緊做唔做得過之時，支柯打已經喺屏幕上消失咗，快到以為自己有幻覺。喺失落中遊走，不知不覺間去到邊寧頓街附近。

「邊寧頓街往屯門（有孕婦，兩站）」

　　錯過咗嘅柯打，復現眼前，今次再無錯過。電話接通後乘客表示已經喺現場，說話間的士亦都到咗現場。

　　三個女人上車，當然其中一個係孕婦，胎兒似乎唔細，將媽媽嘅肚撐到脹卜卜。另外兩個乘客同孕婦咁上下年紀，又開車門又扶佢上車，我落得輕鬆自在，完全唔使幫手。

　　上車確認完目的地之後第一件事，先證實我自己有無幻覺。

「唔好提喇，」三個女人一句話，最後由孕婦做代表接落去：「之前隻的士狗呀，一見到我係大肚婆就唔接我喇。」

佢一講完，另外兩個女人同聲附和，群雌粥粥式多聲道環迴立體聲，連部車都嚇到震埋，不過，嚇我唔到嘅：
「佢一見到你哋連車都唔停就走咗？定係你哋講埋要停幾站先走？」

果然，其中一個女人窒下窒下咁講：
「啊……都係嘅，我哋都係之後先講返話有兩站。」
「藉口嚟㗎啫，啲人一見到我係大肚婆就歧視㗎啦。」大肚婆堅持己見，唔單只我懶得同佢爭辯，另外佢兩個同行乘客都唔出聲。同固執嘅女人拗，未免有辱自己智商。

第二件事就係確認究竟去邊度，問完我就知道第一部車走嘅真正原因。

「載我去紅隧口得喇。」孕婦要求。

「紅隧口唔停得車㗎，我喺紅磡火車站放低你啦。」我將心中嘅不快壓到最低，鬼叫自己接咗人柯打咩。

「咩呀？部部的士都係咁停㗎啦，你歧視我大肚呀？」

講真，唔係因為大肚而歧視佢，但未免因為佢而令我歧視大肚婆，無辦法，法例無得唔跟，侮辱自己智商都要同佢解釋：
「部部咁停唔代表嗰度真係停得㗎，唔識就自己上網查下，雙

黃線唔畀停車嘅，法例無寫到大肚係有例外。」

另外兩個乘客都拉住佢：
「Brenda，上到車就算啦，兜上去落，你仲方便啲啦。」

Brenda 仲要喃喃自語：
「哼，實係歧視我大肚婆啦。」

唔好侮辱自己智商，唔好侮辱自己智商，唔⋯⋯浩冒郁知記⋯⋯智商，配合埋念佛機聲，唸十幾次之後就平伏返自己心情，唔信試試。

Brenda 自言自語夠之後，就同兩個女乘客交代自己走咗之後嘅嘢：
「Karina 呀，不如你就幫我跟阿 A、B、C，另外嗰幾個就 Irene 跟好唔好？」

「你放心啦，我同 Irene 會拆掂佢哋㗎喇，你放心生仔啦。」有 Karina 咁願意承擔嘅同事，Brenda 人緣似乎都唔錯，直到落車之後，Brenda 一踏入車站大堂，而我哋仲等緊紅綠燈時，Irene 同 Karina 嘅耐性已經到達極限。

「佢真係諗住自己大肚就係大晒㗎喎。」五十秒前仲係誠懇樣

嘅 Karina，兩眉忽然向眉心集結，換上一個誠狠樣。

Irene 嘅怨氣亦都好似富士山爆發咁令人驚奇：
「佢上次大肚你唔喺度咋，一驗到中咗咋，即刻翹埋手喇。」

佢哋兩個你一棍我一劍，我睇 Brenda 好可能喺月台上面不停打緊乞嚏，噴緊細菌。

「唔好意思呀司機，本來我哋都無呢一站㗎，係條八婆死都要卜車咋，你唔好怪我哋。」突然，Karina 保持住個狠樣，透過倒後鏡望住我講，喺咁嘅情況下，我睇無幾多人夠膽話怪佢哋，加上我真係無要怪佢哋嘅意思，所以都可以保持誠懇嘅表情同佢哋講返聲唔緊要，順便問下 Brenda 有咩事蹟。

「你頭先都體驗過啦，佢大肚就當自己大晒，唔就佢就係歧視佢，」Irene 啲火山灰率先噴出，「上次有個男同事問佢有咗幾耐，咪就係 Victor 囉，佢講咗句：『個肚好似唔係好明顯』，咁咋，條八婆即刻爆人哋喇，又話性騷擾又話歧視佢，連公司都買佢怕。」

Karina 補充：
「嗰單我有印象呀，話 Victor 性騷擾佢吖嘛，唔該佢真係照下自己個樣先啦，人靚心醜都樣衰啦；又話人唔撐佢個 Design 即係歧視佢喎，咁你個 Idea 係唔得吖嘛，唔會俾人搞完射咗入

去就立即變到靚咗㗎。」

　　Karina 對 Brenda 個 Design 嘅評論準唔準確我就唔知，但對 Brenda 覺得大肚就大晒嘅評論我就好認同。懷孕婦女無錯係需要我哋多啲嘅支援，但唔等於有特權，好似 Brenda 咁事事覺得人哋歧視佢，又或者一啲網上車 Cam 片，片主強調自己車上有大肚婆一樣，事情嘅黑白對錯唔會因為大咗肚而有所改變。

　　Irene 啲熔岩好似噴得七七八八：
「終於都畀我哋等到今日喇。」

　　Karina 都鬆一口氣：
「係囉，可以過十星期嘅清靜生活。」

　　我有啲奇怪：
「但係佢放假，你哋唔係要做多啲嘢咩？我見你哋頭先每人都分走幾個客。」

　　Irene 呢一刻居然有笑容：
「司機你就有所不知，跟多幾個客其實好閒啫，自從佢有咗之後，啲麻煩客老早就分晒畀其他同事跟，佢手上啲客都係掛名啫，無咩嘢做。」
「同埋睇佢個樣，生埋呢個都唔做啦。」Karina 唔知基於咩嘢

而推斷。

「你咪呀，最怕佢又係吹水咋，希望佢老公真係會錫住佢，唔使佢做嘢咁辛苦啦。」Irene 嘅補充，透露出 Brenda 可能表示過辭職嘅意願。即係話頭先嘅 Bye Bye 隨時係永別，難怪兩位有笑容。

見到兩位乘客心情大好，我都落井下石：
「咁你哋都扮得幾辛苦喎。」

點知 Irene 聽到就嘆氣：
「唉，佢以前唔係咁㗎，都唔知係咪有咗會改變啲荷爾蒙，性格都唔同晒。以前大家去旅行，去幾耐都好，咪互相頂一頂囉，細公司邊有計咁多啫。」

「我都記得呀，啱啱入嚟做嗰陣，Brenda 真係好好㗎，又有耐性教我嘢……」

「係喎，你知唔知本來 JM 想我帶你，我真係無咁好心機帶新人。我嗰陣仲覺得你好蠢㗎，Scan 嘢入 Server 都要教兩次。」Irene 打斷 Karina 嘅話題，唔覺意講出扮公室嘅大勢：Friend 後必反面，反面後或會 Friend 返。

回憶總係美好，可惜現實總係殘酷。喺天水圍停咗大約十

次紅綠燈之後，總算安全送到兩位小姐歸家，抵達說好的屯門，下次呢啲有備註「孕婦，有兩站」嘅柯打，真係要三思而行，孕婦並唔致命，但兩站可以兜死人。

有啲問題，初入行先會問，揸耐咗就漸漸唔會咁做，例如喺多選擇嘅道路上面，唔再問個客想點行。

　　夜晚十一點幾由長沙灣去將軍澳，見到乘客呆咗咁坐喺後座，唔玩電話又唔瞓覺，都唔敢打斷佢嘅思路，直接行太子道上觀塘繞道再入將軍澳隧道，快快脆脆做完支唔大唔細嘅旗。

　　行到九龍城，正當我預備施展完美嘅 Cut 線技術，快穩準咁移去快線時，本身發緊呆嘅乘客突然問我想點行，我收慢車速答佢之後，預期嘅痛苦就嚟喇。

「司機不如你行清水灣道入去啦，可唔可以？」

　　去到呢個地步，我又點好意思話唔可以呢，同時我都好好奇點解佢要咁兜法。

「做咩要咁行法呀？你屋企停電定無水呀？」我只係諗到呢個可能性。

「停電？哦，唔關事。屋企啲女人嘢，諗起就唔想返去啫。」乘客講起自己嘅家事時，語氣四平八穩，令我懷疑喈喈佢提出

改路線時嘅恐懼語氣係假嘅。

「你太太管住你呀？」當日較早時間聽完另一個人夫乘客訴苦，固有此推斷。

逐漸進入佢嘅家事，男乘客似乎開始由發呆中醒來：
「我老婆無嘢呀，佢好好。」

對比幾秒前嘅苦臉，呢一刻嘅笑容格外有違和感：
「我阿媽都好好，好錫我，我個女都好孝順，只係佢哋三個加埋就唔好。」笑容來得快去得更快，取而代之嘅係男乘客似乎再度進入發呆狀態。

「三個加埋係咪好似甘油、硝酸、硫酸溝埋變炸藥咁呀？」十幾年前嘅化學知識，只係淨低最得意嘅部分，其他學術上嘅就從來都無入過腦。

「真係溝埋變炸藥呀，我都唔知自己做錯咗啲咩。錫老婆有錯咩，孝順阿媽唔啱咩，點解佢哋唔可以好好相處嘅？」男乘客講出問題時，無預期中嘅激動。

人痛楚到極點時，會適應、會麻木、會昏迷，我諗心理上嘅苦痛都一樣。下意識仲想逃避，但其實身體早就已經麻木咗。

「女人擺埋一齊就好易出問題，其實唔係你嘅錯啦。你睇下啲公司，逢親多女人嘅都特別多問題，真係唔關……你事嘅。佢哋又要關心，又要執着，出嚟嘅結果咪咩都要堅持，咁好難無拗撬嘅。」講到呢度我窒咗一窒，因為我突然發覺，其實會搞成咁真係關男乘客事，而且諗唔到點兜，希望佢無仔細思考我講嘅嘢啦。

細想之下，婆媳間嘅碰撞，男乘客經常都係引起爆炸嘅主因。相對於男人嘅豁達，女人嘅佔有慾比較強，當幾個女人愛上同一個男人，就好難和平共處。即使一個係阿媽對乖仔，一個係老婆對老公，一個係乖女對老豆，大家嘅心態都係一樣，就係要獨佔對方。既然幾個女人都係炸藥嘅原材料，身處其中嘅男人無可避免就應該要擔任住緩衝嘅角色。

打出嚟好長，但當時只係經過牛池灣消防局嘅一刻。

「我真係唔明，阿媽慣咗唔熄電掣，咪唔好熄囉；老婆想環保嘅，見到咪熄囉，有咩好拗啫，一定要統一嘅咩。」唔好話男乘客唔明，我都唔明有咩好拗，只係我覺得逃避係解決唔到問題。

「咁一係呢啲嘢統一跟你意見，咁佢哋咪無得拗囉。」

「無用㗎，佢哋咩嘢都可以搞個兩難嘅局面出嚟，明明我無偏幫都變咗做偏幫啦。而佢兩個又覺得我應該要偏幫喺佢度喎，我邊有幫唔幫啫，邊個啱咪幫邊個囉。」

我嘗試用理智去解決問題，身處其中嘅男乘客先貼地咁指出，理智嘅解決方法係幾咁幼稚同不設實際。

「咁可唔可以……」
「司機你唔使諗喇，無得諗㗎，諗到嘅方法我全部都諗過啦。」男乘客阻止我講落去，或者事已至此，反抗都無謂。

「咁你點呀，兜路幫唔到你幾多㗎咋喎。」其實佢哋嘅家事仲害咗我㖭，喺某程度上。

「無㗎喇，得一個方法可行，就係將佢哋分開，但我哋又唔可以分開住，我阿媽得一個人又有病，我一定要睇住佢。」

我見男乘客唔提佢爸爸，我都一路避免提，點知都係掂到呢個話題，「我老婆都算唔話得，至少無話要搬出去住，不過可惜吖……」

「明嘅，咁你唯有盡量磨合佢哋啦。」我諗呢句說話就好似「節哀順變」、「希望在明天」一樣咁廢話，可恨當時我諗唔到有效嘅安撫說話。

「佢哋真係好煩，煩到我就嚟爆開，如果唔係要幫個女溫習，我真係寧願留喺公司做嘢。」一方面想遠離麻煩，另一方面又不得不接近麻煩，人生就係喺逃離與接近中展開。

「咁你就唔好兜咁遠路喇。」我忍咗呢句都耐咗好耐，「幫個女溫習，佢哋唔會怪你偏心咩？」

「怪喫，阿媽又話想放鬆啲，老婆就梗係想着緊啲，我理得佢哋吖，其他屋企無聊嘢我可以唔理，但我個女嘅嘢就要跟我嘅方法。」男乘客一講到個女，一反常態，重新強硬起來。

「咁咪幾好，你其他嘢都用呢個態度咪得囉。」
「唔係咁易喫師傅，佢哋都係會拗一餐，不過為咗個女我先夾硬唔理佢哋咋，其他嘢邊有得咁。」男乘客嘅勇武縮得仲快過曇花。

「咁你個女咪好黐你？」假如嫲嫲同媽媽成日鬧交，個女黐爸爸都好合理吖，點知我又錯。

「一啲都唔黐我，唔想溫習就黐嫲嫲，想買嘢就扭阿媽，見到我就唔鍾意，因為見到我就代表又要溫習，又無玩具。」女女年紀仲細，已經識得按需要依靠唔同勢力，所以話女人真係好古惑。

　　再遠嘅路都有行完嘅一日，男乘客深呼吸一口氣，就拖住沈重嘅步伐返屋企。乖仔、老公、好爸爸三個角色，每日都互相衝突，精神力弱啲都會立即分裂。有啲問句會隨時間忘記，例如問個客想行邊條路線，但係有啲問句，係你想忘記都忘記唔到，例如阿媽同老婆跌咗落水，會救邊個先？唔好笑，好多男人日日都面對緊呢條問題嘅變奏版，而且一直搵唔到答案。

的士
TAXI

如果講香港人呢個族群有咩共同特質，我諗「雙重標準」會係一個幾好嘅答案。

大部分香港人都係一個打工仔，近乎無例外地對「僱主」呢個角色深痛惡絕，對於無理嘅 OT、階級觀念、喺工作範圍外嘅工作都敢怒不敢言，但係當角色逆轉，呢班「打工仔」個嘴臉可以比老細更差，返工就做奴隸，放工就做皇帝。

揸的士，就最常見到呢啲角色逆轉嘅乘客。

農曆新年期間，喺荃灣連續服務咗幾批街坊之後，又見到一家大細伸手截車，樂於繼續逗利市。打開門之後，首先上車嘅係工人姐姐，然後係一個老年女人，再嚟一個中年女人，男人就坐上嚟車頭，同我恭喜發財之後話去將軍澳，我都龍馬精神地出發。

「善儀呀，乜你請個工人咁無禮貌嘅，自己上車先都有。」唔知係唔係上咗年紀嘅人聽覺衰退，講嘢都特別大聲，定係老女人有心大大聲咁講，響亮到刺耳。

「媽，你唔好咁話人啦，上車快手最重要呀。」男人搶先善儀

答媽媽嘅問題。

「佢唔識聽同講中文㗎老公，媽，我有話佢㗎，佢都學識咗出入商場要幫我哋開門㗎喇，都算有進步啦。」善儀同奶奶講，佢哋難得地似乎無婆媳糾紛，關鍵唔通係要有共同嘅敵人？仲要工人幫僱主開門，包括商場門、的士車門，我一時間以為自己身處喺清朝大宅門嘅年代。

「唔……算佢啦。新年佢返工，無講咩呀？」老太太繼續問。

「我同佢講咗㗎喇，過咗呢幾日紅假畀佢放假㗎喇，呢幾日梗係要留佢喺度幫手啦，咁多親戚朋友嚟拜年。」

　　開口講句叫人改假期就立即改人哋假期，我諗每個打工仔都唔易接受，但係善儀講出嚟嘅時候就好似好理所當然咁，老太太亦都照單全收：
「嗯……唔好辛苦你呀，記得有咩就叫工人做，奶奶唔會虧待你嘅。下次燈膽壞咗都唔好自己換喇，叫工人換或者叫 Edwin 換啦。」

「喂又關我事？呢啲叫工人換得啦。」Edwin 仔本來觀賞緊馬路嘅風景，聽到自己個名後嚇到立即擰轉頭澄清。婆媳唔糾紛，對男人嚟講原來係一樣咁難忍。

　　行到龍翔道，善儀突然之間用英文叫工人「放低手上嘅嘢」，我睇唔到坐喺我後面嘅工人攞住啲咩，希望唔係攻擊性武器啦。

「我叫你放低，喺我哋面前你食嘢？」善儀嘅回答，加上有啲膠袋摺起嘅聲音，似乎係麵包之類嘅嘢食。唔知係有理說不清，定係有理說不得，總之工人無出聲，默默接受 Mum 嘅命令。

「好肚餓咩？搭個的士都要食嘢。」明明老太太問工人嘅問題，但偏偏就望住善儀講，對工人嘅尊重有幾多分，真係可以預期。

「我出門口之前畀咗啲嘢佢食㗎喇，一陣做埋啲家務又可以返房食嘢，都唔知佢急乜。」善儀解釋返。當時係夜晚七點鐘左右，真係唔知佢嘅「出門口之前」係幾耐之前。

「佢都幾好，無駁嘴，我最憎啲工人喺度 But but but。我叫佢做咩就做咩啦，幾時輪到佢話事呀。」老太太睇嚟都幾專制，幾有慈禧嘅風采。

　　善儀都講返啲往事向奶奶邀功：
「媽，佢一開頭都駁我嘴㗎，我嗰次叫佢晾衫呀，佢係咁話啲碗未洗完。我咪即刻掉爛個碗鬧佢囉，你未洗完碗關我咩事，如果佢洗足一個鐘碗咪可以喺廚房哗成個鐘？經過嗰次之後佢

先唔敢駁我嘴咋。我哋返工都係咁㗎啦，老細叫我哋做嘢就要即刻做，邊有得講其他嘢㗎。」

七係咁嘅咩，難怪我成日覺得自己唔適合打工，唔好講話老細嘅唔合理要求，就算老細有啲合理而對公司唔好嘅要求，唔通員工都要照做推公司去死？但係又好似好多人都覺得咁係應該。

「老公呀，你下次見到佢喺房偷偷食嘢嘅話，記得話我知喎，唔好掉咗啲垃圾當無事。」善儀講呢句時嘅語氣唔似要求，又唔係責難，反而唔知點解好似另有目的咁。

原來，係想講畀奶奶聽：
「你又放縱佢？都話喺房食嘢好惹蟻㗎啦。佢食完得返嘅垃圾都算啦，但佢又要食剩啲唔食晒，咁點可以㗎。」

老婆話老公唔聽，咪搵埋老母幫手，生命中最重要嘅兩個女人叫你做同一件事，需要嘅服從性比老細嘅命令更高。

「喺房食下嘢啫，叫佢衛生啲都得啦，我哋夠會喺房食嘢啦。」

男乘客仲意圖反抗，仲要拉埋自己落水，真係神仙難救。我期待中嘅聲音馬上出現，首先係老太太教仔：
「你自己食嘢點同啫，我哋主人嚟㗎嘛，食完叫佢執乾淨係應

分㗎喎。」

　　然後到老婆教老公：
「你自己喺房食都唔好啦，總之見到佢食就同我講，唔好諗住側側膊放生佢呀，到時連你都打。」

「都打。」兩個女主人講到最後同步話會打仔打老公，說好的婆媳糾紛呢？

　　落車時佢哋無不滿工人唔落車幫佢哋開門，因為更卑微嘅司機已經幫佢哋開咗。本來期待咗佢哋放低錢就走唔同我有更多接觸，點知找錢佢哋都係要找到足。做佢哋呢家人嘅工人會好痛苦，請佢哋嘅僱主就有福喇。咁重奴性嘅員工，去邊度搵？

的士
TAXI

　　返工，就係一個累積負面能量嘅地方，工作上嘅追迫，同事間嘅壓力，喺辦公室唔係無正面能量，只係好難追過負面能量嘅累積速度。放工到下一日返工之前，就係放低壓力嘅唯一時間。有人會做運動減壓，有人鍾意去行街買嘢，有啲人鍾意圍埋一齊傾訴，既同人講，亦同神講，沈重嘅壓力喺信仰中獲得釋放。

　　喺樂富呢類住宅區，夜晚搭的士出街嘅人唔係無，可惜接載佢哋需要巧遇嘅緣分，而唔需要有禮貌有質素，落完客逗留喺度挑戰自己嘅運氣，唔係我會做嘅事。喺不被期待嘅黑夜，就有雪白嘅手伸出嚟截車。

　　深夜外出嘅係一對情侶，手拖住手搖到半身高，年紀唔輕但心境年輕，體態都輕盈得多。上車之後佢哋繼續有年輕嘅表現：舉棋不定。

　　「我哋唔去行下呀？去又一城行下先啦。」女乘客上咗車之後輕求。迫切想知究竟要去邊嘅我，喺倒後鏡中觀察住兩位乘客嘅一舉一動。

　　女乘客哀求完之後，男乘客鼻翼忽然出現兩條淺紋，好似

係忍住唔推個嘴唇出嚟,想拒絕又唔知點拒絕,但最終都係要
拒絕:

「我今日開咗兩個會,聽朝仲要趕過去中環嗰邊開會喎。」

「好啦,我好少見到你呀,只有返團契嗰時先見得你一陣。」

女乘客總算屈服,男乘客先話去廣播道同嘉多利山,我等咁耐
就係等呢兩個地名。

樂富去廣播道真係彈指即到,喺到達目的地前,我大約問
咗五次「係咪呢度?」,始終記唔到又懶得記廣播道啲屋苑名,
反正佢哋個個都知道點返屋企。

「願主祝福你。」

「願主祝福妳。」

女乘客落車時,兩人互道祝福,唔知點解我諗起「May
the force be with you」嘅畫面。女乘客落車後無即時入閘返
屋企,反而企喺四座位金豐的士璀璨嘅尾燈下,思念迅速離去
嘅男乘客。

男乘客忽然提出要求:

「師傅,麻煩你可唔可以兜一兜去便利店?」

「OK 嘅,」唔好話咩畀咗錢去邊都得,每個人喺工作上都有
啲項目係唔想做,兜去便利店係麻煩,但好似男乘客咁有禮貌
問,我內心嘅不滿都減到最低。

「你去唱錢？有無話想去邊間呀？」乘客淨係話去便利店，又無講明邊間，周圍都係嘅便利店，其實我真係唔知揀邊間。商議一輪後決定去旺角搵間門口停到車嘅便利店，感覺上乘客都好有禮貌，又肯接受意見，實屬難得。

喺便利店外面，男乘客都好合作，唔使五分鐘就出返嚟，行返上車時仲塞支水畀我，話見到我飲完支茶又覺得唔好意思，所以買畀我。推辭係一定，推辭不果亦喺預計之內，唯有笑住接受。

「你都買好多支啤酒喎，今晚睇波呀？」既然話題講開，就不妨講多兩句。

一問完呢句，男乘客突然化身川劇嘅變臉大師，「我個個星期去完教會，都要飲酒嚟平衡返，人都癲。」失去笑容都算，不過瞬間變成愁容先大件事。

「去教會唔係大家傾下計分享下生活上嘅喜樂㗎咩？你仲同女朋友一齊去，乜佢哋唔畀你飲酒呀？」

「我情願佢唔畀我飲酒，都好過唔畀我面對自己。」男乘客開罐啤酒，開始滲出佢嘅辛酸。

「師傅我講出嚟你唔好驚喎，其實我鍾意男人。」男乘客可能以為自己講嘅嘢好驚人，停一停畀我消化呢個資訊。

但揸咗的士兩年嘅我，冷靜咁令佢失望：
「無咩好驚吖，好多女乘客都鍾意男人，唔通個個我都要驚佢非禮我，咪好唔得閒？」

「唉，啲人一聽到男人鍾意男人，就好似見到魔鬼咁，要同我驅魔㗎。」大概係我漫不經心嘅態度，令男乘客進一步卸下心防，我進一步問佢教會知唔知。

「我返開呢間，中學仲以為真係有魔鬼，所以唔敢講。去到咁上下就清楚知道自己係鍾意男人，我有試過同教友講，點知個個都當我殺咗人咁，見到我就黑面，呢啲都算好；有啲真係會建議驅魔，讀親經文都係讀羅馬書，仲好關心我，成日提住話介紹女仔畀我識，又問我有無俾人搞，去親都好似去咗精神病院咁。」男乘客嘅情況，真係硬幣嘅兩面。

最慘嘅係大家都係想男乘客好，硬要將男乘客套入自己嘅框架度。我誠懇咁飲啖男乘客買畀我嘅水，先開口話：
「講真，我好明白你嘅感受。」
「唔通你……」

我否認返，再講莊子嘅一個寓言畀佢聽：

「話說以前有三條友，ABC，C 見親 A 同 B 都請食飯，抵諗到不得了。A 同 B 有日傾計話要多謝 C，諗嚟諗去覺得 C 無七竅好慘，不如幫佢鑿出嚟啦。於是佢哋真係去搵 C，鑿到身水身汗搞足七日，你知唔知最後 C 點？」

　　男乘客估 C 唔想、反抗，又或者唔想拒絕，我睇都係佢嘅心路歷程。

「最後佢哋搞掂時，C 已經死咗好耐。你仲唔離開佢哋？唔好等死啦。」我講呢個故事都係擔心男乘客嘅生命安全。

「邊有可能吖，我屋企人、身邊嘅圈子都喺教會入面，我無可能脫離佢哋㗎。佢哋以為拗返直我㗎喇。嚴格嚟講，頭先個女仔唔係我女朋友，而係我未婚妻嚟。」其實我都明白，男乘客除咗好似 C 咁監生俾人開竅鑿死，都無其他路可以走，只係估唔到個情況去到咁嚴峻。

　　都轉入嘉多利山，我迫切想留低個意見：
「唔會累咗人咩？」
「點會吖，唯一俾人累咗一生幸福嗰個係我呀，我呀！」酒精入血後，男乘客開始激動，好彩都返到屋企，出事機會大減。

　　同性戀呢個問題，點爭拗都唔會有答案，大家都相信自己嘅睇法先係絕對唯一正確答案。唔關事嘅人直抒己見，拗贏拗

輸都無關痛癢；男乘客呢類直接關事嘅人，要背負住呢個特點走落去，拗贏拗輸都係悲劇。

　　莊子個寓言係咁嘅，有興趣自己再搵語譯：

　　南海之帝為儵，北海之帝為忽，中央之帝為渾沌。儵與忽時相與遇於渾沌之地，渾沌待之甚善。儵與忽謀報渾沌之德，日：「人皆有七竅，以視聽食息，此獨無有，嘗試鑿之。」日鑿一竅，七日而渾沌死。

深圳灣的士站，係一個收唔到香港電話嘅地方，對於我哋呢啲時刻都連接網絡嘅人嚟講，就好似去咗個與世隔絕嘅異空間咁，係難得嘅休息機會。夜晚入到去落完客後，大約三十部的士，即係一個鐘以上嘅等候時間，又係買大細賭命嘅時候：一係唔等直出市區，成本係三十分鐘加氣錢，一係等到有客為止，去到通常都有二百到三百蚊落袋，成本係無法預計嘅等候時間，最差係收關都走唔到。咁上唔到網有乜做？咪就係打定呢段字等客上車囉。

逐米逐米咁移前，終於去到頭位。一對非常年輕嘅青年，各自拖住小巧嘅行李篋，走向綠色的士。

綠的頭位嘅司機開定尾箱恭候。男乘客喺車尾企定定唔郁，司機忍唔住落車揭起車尾箱，提醒乘客要自己搬行李。可能落到車又問埋乘客去邊，綠的司機同男乘客對答幾句後，指向我叫佢過嚟。

於是我又落車重複一次綠的司機嘅動作，喺冚埋尾箱時，乘客話佢哋要去「安打村」，喺「掃孟平」嘅「安打村」，我揮揮手叫佢哋上車之後就出發。

「安園，」我以為男乘客同我講嘢先用半鹹淡廣東話，點知佢
哋自己傾計都係呢個口音。

「未來呢三年就委屈你了。」

女乘客嘅聲音仲帶住天真嘅稚氣：
「不委屈，我甚麼都唔識，唔咁樣做都唔知點幫到我哋嘅將來。」

莫非係新來港一次性服務業工作者？喺悠長嘅深圳灣橋上
面，我哋一邊作別深圳嘅燈火，同時邁向相對黑暗嘅屯門。

男乘客攬住安園，親熱咁錫住講：
「我真的愛你呀，安園！」
「我都愛你，你會愛我和那老馬的孩子嗎？你要認真想完先好
答我。」安園嘅聲音同問題都充滿稚氣，男人喺呢個情況下多
數都係七都制，冷靜落嚟先會要求 AA 制。

果然，男乘客並無 Dead Air 太耐：
「當然會啦，你也是為了我們的將來才跟他生孩子的，那也是
你的孩子呀。反正到時孩子才兩歲，改返我嘅姓氏就好。」

我到底聽咗啲咩嘢？

「咁樣真係行得通？」安園初來報到，信心唔係好大。

「你放心啦，小甘佢都係咁，讓老婆嫁畀有公屋嘅中老年男人，在公屋上添了你嘅名，到誕了孩子後，就報警甚麼的，話受到精神虐待，離婚後只要抓牢撫養權，那孩子和房子也是我們的了。」男乘客為咗令安園放心，仔細咁解釋佢嘅奪舍計劃，完全當我無到。

聽講離婚後嘅公屋，真係跟撫養權走，無子女嘅又會另外計算。

「……我還要扮那老馬的老婆扮多久，三年真係可以嗎？」
「大概吧。你現在有單程證，便可以放心跟他生孩子，孩子有香港身份證那我們將來便容易辦了，一年多生孩子，再一年多離婚，我想三年多後我便可以正式娶你喇。」

咩事呀？苦肉計定子宮計？先唔講佢哋咁樣落嚟搶我哋嘅資源，作為一個男人，由得自己所愛嘅女人同另一個男人結婚，仲要生埋仔，戴咁大頂綠油油嘅帽，就係為咗層樓，真係值得咩？

「委屈了咁耐，終於到呢一步喇，你知唔知每次佢上嚟搵我，我都覺得好難受，佢真係好臭㗎。」聽到安園呢隻女蝗蟲咁樣講，我都忍唔住有一絲同情，肯付出呢幾年嘅青春同貞操做代價，都算係自力更生嘅。

聽住佢哋講老馬隔一段時間先上大陸搵「老婆」，我有一陣熟悉嘅感覺，忽然諗到個方法可以無咁委屈，不過我唔打算話畀佢哋知，由得佢哋嘅人生一塌糊塗算。

佢哋個計劃好簡單，就係由安園嫁畀老馬，到有單程證嘅時候就落嚟香港，同老馬生個仔之後就可以順理成章搶走老馬間公屋，反正個仔有公帑養，只係安園要做老馬嘅老婆幾年，正宗係賣身，而個仔嘅老豆係老馬呢一點就最委屈。

我覺得熟悉嘅係呢一招送妻奪舍真係似曾相識，電光火石間，二十幾年前嘅歷史知識返返嚟：戰國時代呂不韋咪就係搞大自己條女朱姬後送畀秦太子子楚，等朱姬生咗個仔，子楚做到秦王之後，自己個仔就可以等做皇帝。只係咁自私嘅呂不韋生出嚟嘅秦始王比佢老豆更自私，最後呂不韋個仔真係成功攞咗成個大秦江山，只係喺統一六國前已經隊冧咗自己老豆呂不韋。

歷史上秦始王嘅老豆係邊個一直都無人證實到，呂不韋呢個老豆可能只係小說家嘅講法，但係呢條橋真係啱晒車廂內呢對蝗國人，同老馬住一排，先由男乘客經手搞掂，咁個仔咪肯定係自己出品。就算安園要陪老馬一段日子，對比起幾千年前嘅朱姬，真係無咩問題。

可能我嘅尊嚴包袱比男乘客重，一直都覺得不能接受，直

到諗起秦始王呢個個案，先平衡到心理。再諗呢條男乘客可能都係賤人嚟，諗得出咁賤嘅方法去搶人間屋，又點會諗唔到呢一步，分分鐘同呂不韋一樣大把女，讓個出嚟去爭資源，到層樓落咗安園名就再加自己個名落去，先諗方法趕安園走，到時安園同老馬生嘅野種，當然唔會喺佢照顧範圍之內。真係愈諗愈似啲荒謬劇情，偏偏兩個真人就喺架車到討論緊。

　　佢哋接落嚟嘅綿綿情話，我無興趣再聽落去，唔知係咪有偏見，硬係覺得個男乘客講得好假咁。但係，佢真定假都好，老馬係咩人都好，安園最後花落誰家都好，埋單嘅都係我哋香港人，被奪舍嘅唔係老馬，而係你同我。

無理乘客系列

每逢提及無理嘅顧客，香港人幾乎都一面倒支持店方，呢啲所謂嘅西客，喺各行各業都好普遍，的士業亦唔例外。特別係的士行家面對西客，膽量往往比其他行業要大，勇於直斥其非，語氣我唔想用差嚟形容，可能係粗豪、不羈，但點都唔會係好聲好氣，繼而造成重重誤會。作為司機明白啲嘢係乘客錯，會覺得乘客點解會連一加一等於二都唔明，亦懶得解釋；作為乘客又覺得自己畀咗錢，的士司機就應該服務自己，唔理解有啲事情司機真係唔做得，而且法例上真係無錯。

TAXI
我的你的紅的
2

的士
TAXI

　　好多時我都會掛上「暫停載客」牌，遮住圓形旗上面 For Hire 嘅字樣，有時係響應政府同市民講話睇多啲電子 APP，睇下有咩柯打，有時係去緊接預約咗嘅乘客，有時係人有三急，有時係去食飯，有時係將的士當私家車用拍緊拖。坦白講，我都唔明點解載住人嘅時候，都總會有人衝出嚟猛拉車門。最誇張係有一次朋友用的士做結婚花車，明明架車都已經包晒絲帶掛埋結婚公仔，都有人想喺燈位上車。

　　嗰次喺上海街往佐敦方向近果欄，我冚住旗去緊尖沙咀，突然有兩個男人喺貨車之間衝咗出嚟，跳去中線截車。喺慢線有貨車落貨，快線咁啱有車過嘅情況下，無可能唔停車。一停定，其中一個背心男即刻拍我車頭冚，大叫「咪 X 拒載呀，X 你老母的士狗。」聽到佢呢句，就算我無冚旗都唔載佢啦，君子不立危牆之下是常識吧。亦因為佢語帶威脅，及時喚起我嘅警覺性，鎖上車門。

　　佢哋一個人留喺車頭位置，背心男拍完車頭就走向助手位，拍住玻璃重複多一次頭先嘅說話，似乎唔識得講其他嘢。對啲蠻不講理嘅人，我都懶得同佢爭執，只係指一指「暫停載客」牌，意思好明顯就係「暫停載客」。

「食屎啦，係咪揀客呀，開門！開門！」

　　見呢個男人咁堅持，我又開唔到車，唯有喺車窗度開一條罅同佢講：

「唔好意思喎，我約咗人，你等下一架啦。」

「你食屎啦，我一定投訴你冚旗揀客。」背心男嘅氣勢如虹，好彩我都唔係第一日出嚟揸的士：

「你係咪唔識字呀？暫停載客即係暫時、呢一段時間，唔會接載乘客㗎，唔識字就讀多啲書，搭的士都唔識搭呀？」

　　背心男回應一連串粗口，進一步敲定佢嘅文盲身份。

　　最搞笑嘅係，附近落緊貨嘅大哥都睇唔過眼：

「你算吧啦，佢係唔載你就唔載你㗎啦，死 Lur 做咩啫，係咪男人嚟㗎。」趁住兩個人都擰轉身駁嘴，道路暢通，我做咗件好無義氣嘅事——踩油走。

　　喺倒後鏡中佢哋仲起步想追上嚟，有一刻好似侏羅紀啲恐龍咁，呢一刻其實大約只有半秒咁多啦，跟住已經再見唔到佢哋，車嚟㗎，保特都追唔到啦。唔知佢哋事後有無去運輸署投訴，如果有，其實都係又多一單投訴唔成功嘅個案。

　　的士司機拒載係好普遍，但實際上投訴成功個案唔多。定

義上首先係的士要無冚旗，然後乘客要上到車，講埋目的地而司機話唔去，先算拒載。理論上嚟講，的士冚咗旗就等於私家車，基本上係無敵狀態；實際上，的士司機坐到入車廂，都唔等於係開緊工，冚旗與否就係分野所在。

的士司機都係人，同部分有工作狂嘅乘客唔同，唔係 24 小時都返緊工，唔會肚餓都照開工，想食飯時亦都唔會繼續做，冚咗旗就係暫停載客，就係唔做嘢，唔好夾硬衝上車。

當然，濫用呢個方法嘅人係唔少，但法例如此，因為咁而遷怒於其他司機，只係野蠻嘅表現。

```
TAXI NO.      TAXI
SURCHARGE    無理乘客系列
TOTAL KM  -   2.00
TOTAL FARE   虛假文件
```

的士
TAXI

　　眾所週知，過親海的士司機都鍾意行西隧，但係就誤會咗背後嘅原因，以為司機係為咗搵多啲錢先咁做。事實一係，行西隧總車資畀多咗嘅主要係隧道費，路程上相差唔遠，乘客畀多咗嘅錢只係去咗隧道公司。事實二係三條過海隧道無法有效分流。你估的士司機好想唔行紅隧咩？偶然紅隧唔塞車嘅時間，行紅隧真係好方便。所以爭議親行邊條隧道，只係爭議緊乘客方定司機方付出多啲嘅、輸多啲，贏家從來都係隧道公司。

　　嗰次喺中環上個街客去沙田，又係啲深宵時段放工，返到房瞓覺一瞓醒就要返工嗰啲。乘客除咗半躺喺棧度都無咩剩餘精力做其他嘢，本來以為佢瞓緊覺，但入到隧道後偶然一望，見到佢眼皮劇烈跳動，即使身軀離開咗公司，靈魂仲繼續 OT 緊。

　　畀隧道錢嘅時候稍塞，停一停再開就最容易扎醒。畀完錢之後就喺咪錶度揿附加費，費事唔記得。試過有次做乘客喺機場搭車出市區，未離開機場範圍，司機已經打晒隧道費。

　　心底 OT 緊嘅乘客問：
「司機，你張單可唔可以打西隧個價？」

行紅打西呢啲嘢，我諗都唔使諗一定拒絕，分別在用咩態度去表達，見乘客都有禮貌，就唔使太激烈反對：
「Er……唔可以，俾人發現罰好甘。」

「個個都係咁打單㗎啦，唔怕喎。」講句說話都有氣無力嘅乘客，真係想直接叫佢繼續瞓覺唔好嘈。

為咗唔想其他司機冒險，唯有由我去教育下乘客：
「個個都係咁係嗰啲司機唔識死啫，你知唔知捉到嘅話你都身敗名裂。」

「點會呀，最多咪俾 Finance 炸型。」原來乘客真係唔知個嚴重性。

「行紅打西如果俾人發現，就係偽造虛假文件，刑事嚟㗎。我兜你路，收多你錢，超速入沙田，加埋都唔及喺個咪錶度撳多幾下咁大罪呀大佬。」

我諗咁樣講已經好清楚表達我唔會以身試法嘅意願，講真我唔係話特別正義，只係特別細膽，有啲錯失我哋星斗市民犯唔起嘅，偽造虛假文件正正就係其中之一。正常犯親呢條法嘅都係商業罪行，牽涉金額龐大，的士打錶嗰少少錢，真係唔值得。

「你想收錢咋?一係我畀二十你囉。」乘客繼續侮辱我哋雙方。

「你畀錢我做虛假文件,咁仲大劑,可能計埋行賄㗎。」呢個我都唔知係唔係,好似話唔合理嘅商業利益就計,受賄嘅嘢,首先要有自己嘅法律顧問,咁就唔會誤墮法網。

「得喇得喇,唔得就算啦,我都係想公司出多啲錢啫。」

有時啲人真係唔值得去嬲,我開始無咩耐性:
「咁你下次直接叫我行西隧嘛,咁你公司咪出多啲錢囉。」

講完之後乘客總算無再堅持,唔使幾耐又合返埋眼。去到獅子山隧道時,刻意留意之下見佢眼皮無再跳動,可以安心瞓覺咪幾好囉。

的士
TAXI

　　喺眾多的士界劣行之中，兜路係最不可思議。因為香港道路網四通八達，而且面積太細，兜遠啲相差嘅其實都只係一兩公里，短加路段嘅兩公里係 18 蚊，長減路段嘅兩公里係 12 蚊，而一有新旗就 24 蚊，但係喺市區行遠一兩公里，意味住會有更多嘅紅綠燈，毫不划算。

　　不過「以小人之心度君子之腹」唔單只係教科書上嘅成語，喺現實社會上都老是常出現。

　　喺路過沙咀道時，俾拎住一袋二袋嘅大媽攔停。荃灣區內上車多數都係服務街坊，熟咗路之後都唔錯，不停有人上山落山。一開門一陣海水腥味，令我嘅食慾直線下降，最好一落客就去食飯，減少食量可以順手幫助減肥。以略帶口音嘅人嚟講，呢位乘客嘅音調都算幾純正，讀得出係安蔭邨而唔係「Aunt 蔭邨」。

　　一路上都無咩問題，出到青山公路都無事，直到我左轉去昌榮路。

「司機你做咩唔跟巴士行嘅？」質疑嘅語氣往往令人難受，尤其係喺當事人並無犯錯嘅時候。

「跟巴士？」當時嗰刻都唔知佢想問乜，跟巴士，我哋咪跟緊巴士囉，昌榮路上山大把巴士都係咁行啦。

「平時我搭 31 唔係咁行㗎，你想兜我路？」搭 31 我仲以為佢指車費，跟手見到架循環線巴士喺對面線落緊山，先醒起佢口中嘅 31 係指巴士。

「做咩要跟巴士？我哋的士嚟㗎喎，呢度上去過埋石蔭咪安蔭囉。」我完全唔明白點解會有兜路嘅指控。

「巴士都唔係行呢度嘅，佢哋行石排街㗎，你兜路！」
「巴士行嘅路可能仲遠喎，你肯定咁樣行遠咗？」
「巴士唔係咁樣行。」
「咁你想點？」人嘅耐性係有限度。

　　講嚟講去都唔知佢想點，而說話間我哋已經到咗安蔭。

「你平時畀幾多就幾多啦，唔好煩。」息事寧人喺古時係美德，去到現今嘅香港就變咗認錯。

「咁你即係兜我路啦，我唔會畀錢㗎。」大媽乘客一講完呢句，我第一時間梗係鎖門啦，普遍乘客喺司機鎖門後都唔識得開門，其實將拉門個位上面粒掣撥一撥就開到鎖。

「我就無兜你路嘅，不過你覺得有嘅話可以投訴，可以報警，但係你都要畀咗錢先，有心唔畀錢就係盜竊。」有時要抑壓住講粗口嘅衝動係好困難，但呢一刻我總算做到了。

開咗幾下門不果嘅大媽，其實好細膽。我印張單出嚟硬塞畀佢：
「你投訴我啦，記得去呀。不過你都要畀錢先㗎，如果唔係就我報警。」

一聽到要報警，覺得自己啱嘅大媽竟然縮，一邊畀錢一邊攞單走，雙眼唔敢直視我，只係喃喃自語：
「我投訴你㗎，我實投訴你。」

的士司機兇殘成性嘅表象，有時真係一個保護罩嚟。呢個大媽應該直至出書呢一刻都覺得我兜佢路，但又唔肯、唔敢、唔想、唔知點解唔追究落去，無證實自己推斷嘅機會。重點係，無論你覺得件貨品點有問題都好，當下都係要畀錢㗎。

後記：事後我同落返荃灣嘅乘客講起呢件事，佢話搭的士嚟講，行石排街上去會遠咗，但係快好多，都有唔少居民偏愛行嗰度，而且慣咗唔會講，自此我就係唔係都問乘客想點行。

好多乘客都唔係駕駛者呢句說話，表面上係廢話，實際上意義重大。乘客唔識揸車，反映咗有啲乘客對道路法例毫無認識，於是造成爭拗。司機無責任充當義務嘅道路法例教師，多半唔明白理所當然嘅交通規則，點解釋都係唔會識，態度當然唔會好。

呢個情況喺對住遊客時更加麻煩。有時連對香港人都講唔明點解雙黃線、禁區唔落得車，又點會說服到外國人要遵守香港交通規則呢？

銅鑼灣時代廣場附近，跳上四個大陸乘客，唔好問我點解知，因為佢哋有一種獨特嘅氣質，係身為香港人一定會感覺到。佢哋話要去觀塘，確認行東隧之後就出發喇，一路上佢哋都傾得好興奮，唔知係混咗邊度方言嘅非純正普通話，響音亦特別多，基本上係唔知佢哋講緊咩，只可以喺噪音之下儘快前往目的地。

咁行東區走廊往東隧方向，好快已經要選定行車線，未入隧道前，突然聽到幾聲驚呼，不過聽唔清楚佢哋叫咩，似乎係唔見咗啲嘢。

　　跟住就嚟料，佢哋對住我都肯用返普通話嘅，勉強聽得明：
「回去，我們要回去。」

　　要回去？咁即係點呀？呢部唔係跨境車㗎，載你哋去口岸
啱唔啱？

　　濃縮完變成咁：
「回哪？」
「回去！回銅鑼灣！」

　　吓，返銅鑼灣？咁要來回東隧先可以返到去㗎。

「不可以，這裡只能過隧道。」確實，明明眼前就係一望無際
嘅高速公路，點解會不能回頭？

　　果然乘客追問點解唔得，唯有盡力解釋：
「看到左邊的連續雙白線嗎？這代表我不可以跨過去，現在只
能直接過海才能調頭。」

「沒關係喇，怎會不能調頭，又沒有警察。」

　　聽到呢句真係火火地：
「不可以，這裡是香港，要守規矩。」講到呢度都唔使再拗落
去，因為架車已經轉彎落隧道。

「怎麼搞呀，我們覺得沒問題呀。」嘿，就嚟成個沙灘嘅沙都俾佢哋執晒喇。

過到海問佢哋係咪返轉頭，又話照返酒店先，真係奇奇怪怪。

坦白講，我唔會懶正義咁話雙白線一定唔 Cut 得，如果佢話佢有親人急病入醫院之類，咁我犯法都犯得有價值。佢哋話大陸都係咁，我哋會笑佢，但係好多香港人就會話「我見過其他人都係咁」，Sorry，其他人咁樣做唔代表真係可以咁做，最常見就係要求雙黃線落車，同埋喺不准調頭位置調頭，我真係調你老母咩。

無理嘅司機係好多，但唔係因為咁就要降低自己嘅層次，喺遇到好司機之前，先做個好乘客。睇返交通諮詢委員會嘅幾萬宗投訴數字，對比最終只有三位數字嘅成功投訴個案，就知道無理投訴亦都佔咗一大部分。好似上述例子咁，我都「拒載」咗果欄男乘客，又兩度「兜路」，分分鐘有三單投訴記錄喺上面，被投訴嘅司機就係我，可惜，無理取鬧嘅指控只可以喺輿論層面譁眾取寵，當提升一級去到法律層面，並唔容易令無辜嘅司機受罰。

機場系列

機場可以係傷感離別嘅地方，可能係奔向自由嘅起點，有時又係展示特權嘅平台，而對於的士司機嚟講，出入機場意味住一場重大賭博。入到去等唔等，絕對係一個大問題，正常情況下，輪候時間按小時起跳，等一個鐘以內走到嘅好可能係載過輪椅客，儲夠善心積分先會有咁好嘅運氣。等咗一個鐘之後上客，開彩由最近嘅迪士尼樂園、愉景灣，到荃灣、青衣等，好運少少去九龍區就理想，除非係夜一夜無嘢做，咁最好就係去最遠嘅將軍澳、港島東區。喺機場上車嘅乘客多數係玩完返香港嘅，其次係旅客或者來港公幹人士，最稀有係機場職員，因為佢哋多數搭折頭車，我哋做正價嘅司機好少機會載到佢哋。呢度分享幾次喺機場載客離開嘅經歷，睇下呢四批返回現實嘅香港人。

TAXI
我的你的紅的
2

TAXI NO.　　TAXI
SURCHARGE　機場系列
TOTAL KM　　1.00
TOTAL FARE　分手信

的士
TAXI

　　兩個女仔，用手推車推住四件行李，一個孭住個雙子星背囊，另一個就孭埋個米妮爆谷桶，各自抽住幾個成田機場免稅店嘅粉紅色波波袋，真係好難想像佢哋喺日本係點樣行動。四件行李放喺車尾箱，仲綁住個鮮紅色嘅「小心輕放」牌，唔知係咪真係有效果。綁實未徹底閂好嘅車尾箱後，我哋就向住黃大仙進發。

　　兩個去日本釋放完年輕感覺嘅女仔，返到地球之後，無力感表露無遺，攤喺後座享受埋返工前最後一段路。

「啲百力滋點分法呀？」
「一人一半啦。」

　　之後係拆袋聲、開盒聲。呢個又話想要多啲北海道蜜瓜味，嗰個又偏愛章魚小丸子味，最攞命嘅係喺車上試食，你一支我一支，睇嚟真係要禁止乘客飲食，因為對司機嘅誘惑太大喇。

「你係咪要個爆谷桶呀？」出奇地，係由雙子星女問孭住米妮爆谷桶嘅女仔，人哋都由東京孭到返香港，你仲問嚟做咩呢？

「你想要？我畀你啦。」話雖如此，但米妮完全無除低爆谷嘅

意思。

「我都唔係真係好想要嘅，諗住畀糖 B 咋。」雙子星女口裡說不，身體誠唔誠實暫時未知。

「糖 B 有無三歲？個桶可以畀佢自己揾尿片喎，唔知裝唔裝得落呢？」米妮拒絕嘅意願都幾婉轉。

　　雙子星繼續好輕鬆：
「得喎，佢去街就自己揾尿片，不過好似裝唔落。」

「下次探佢度下先，啱就比佢啦。」米妮大方咁開出一張支票，唔知幾時先兌現，總之而家就唔會交出人質啦。

　　既然會談有結果，兩位乘客改為睇相，透過影像重新走一次睇一次啱啱走過嘅足跡。

「和服真係好靚呀。」
「下次去日本前都唔使再食海膽。」

　　你一言我一語，照片中嘅美好景象都唔知幾時先可以再親眼見多次，回顧中亦帶着半點無奈。

「我再諗返呢，嗰隻面膜好似買得唔夠。」可能睇到戰利品相，

米妮忽然惆悵。

　　我心諗：面膜唔夠就梗㗎啦，咩嘢好似啫。一過二十五歲，除咗實際用嘅份量，仲要計埋派街坊嘅數量、壓櫃底唔用齋供奉自己嘅數量，真係多多都唔夠用。

　　雙子星思考咗一輪，決定走慷慨路線：
「我畀多……呃……十二塊你啦。」

「真係？你夠唔夠㗎。」米妮估唔到雙子星真係應承，喜出望外。
「得啦，你有需要過我嘛，Wakanda 人。」
「你就 Wakanda。」呢兩句說話我就真係分唔到係真心定假意喇。

　　無幾耐去到第一站黃大仙，落一落車幫手鬆綁，順便都幫一幫手抬米妮嘅行李落車啦。個重量對我嚟講都幾大負荷，落完就閂尾𨋢，快快手送埋雙子星去下一站慈雲山就可以收錢。

　　點知米妮同我一齊伸手，一股強大嘅力量阻止我閂尾𨋢：
「你係咪畀啲面膜我呀？」

　　安坐喺車嘅雙子星落埋車，順手閂門：
「哈哈，差啲唔記得咗喇。」

　　笑容滿面但眼神冷漠，搞到個笑容好詭異。雙子星一打開個行李箱，入目嘅係幾盒成人情趣玩具，被壓扁嘅胸圍打橫放喺面，我尷尷尬尬咁擰轉身，兩個女仔反而若無其事。

　　雙子星左搵右搵：
「嗱，畀一盒你啦，唔拆盒喇。」
「咁咪得十塊？唔緊要啦，十塊就十塊啦，唔好阻住司機哥哥喇，快啲返去試玩具啦。」愈接近屋企即係愈接近現實，米妮喵喵上車時嘅天真亦都蕩然無存。

　　分完手信之後，呢對旅伴正式分道揚鑣，米妮搖住個爆谷桶上樓，雙子星就繼續上路。

「肥嘢！我返到香港喇，你有無掛住我呀？」雙子星一上返車就打電話報平安，畀我就希望佢一落機就報到。

「Sorry 呀，頭先陪住個病人先唔搵你住，佢真係公主癌末期喋，又要遲起身，化個死人妝搞成個鐘，搞到我去到淺草租唔到粉紅色和服呀。」

　　雙子星數到呢度，相信電話對面都認識米妮：
「係呀，你點知喋，佢真係狂擦我啲手信呀。佢攞咗我超多零食囉，自己又唔係無錢，係要搶人哋啲嘢先安樂，抵佢溝

親嘅仔都有女，有排單身。」

　　直到落車之前，就不停聽米妮鮮為人知嘅一面，例如話 M
巾四圍扰、去旅行都戴住砵仔糕之類。

　　去旅行真係人性、友誼嘅考驗，兩個人平時接觸到嘅只係
好表面嘅一層，去旅行某程度上係有少少同居關係，會觸及到
生活習慣等深入嘅一面。我哋好容易接受到另一個人嘅缺點，
但係要接受生活方式上嘅差異就好困難，只有本身夾，加上強
大嘅情誼先得，所以我從來都鍾意自己一個人去旅行，愛自由
的人就係麻煩嘅化身。

的士
TAXI

喺浮台（機場上客區別稱），一身熱帶裝扮嘅男女，手牽手帶住簡單嘅行李上車。

「去青衣。」簡單三個字將我嘅期待打落谷底，到我回氣後提自己，半夜成點鐘走到都算係咁，乘客們仲互相依偎回味緊行程。呢個時候我先發覺佢哋播片都播得幾大聲，點解我頭先唔覺嘅呢？

「真係好想再留耐啲呀男朋友。」女乘客幽怨咁講，我好想拍拍佢膊頭話我都好明白。

　　點知男乘客話：
「咪應你要求 Delay 咗好耐，五日變六日，算唔錯啦女朋友。」
「Delay 都係喺機場捱住你啫，我想喺酒店捱住你呀男朋友。」
女朋友嘅說話，馬上掀起咗一場風暴，到男朋友將個嘴喺女朋友面上拔出時，我哋已經去到迪士尼。

「下次女朋友想去邊度呀？」男朋友呢個問題之後，就係一連串嘅幻想，又話去布拉格食 Tea，又想去瑞士滑雪，假設係有咁理想得咁理想，實際上最多只係去到世界之窗。到佢哋告一段落時，總算明白到已經由曼谷返到香港，同時由假期返到

現實。

「唉，聽日又要返工喇男朋友。」
「好彩我放多兩日先返。」呢個時候講呢啲，男朋友真係幾想死。

　　女朋友放少幾日假，要男朋友承擔返啲功課都好正常：
「你聽日好同我 Backup 晒啲相呀，少咗張你要同我去再影㗎男朋友。」

「知喇。几個鐘後，返到公司就唔係女朋友喇，巿場部經埋。」
「知道喇，人事部經理。」女朋友垂頭喪氣咁講返大家嘅真正身份，後座一片死氣沈沈，反而前座昏昏欲睡嘅我，聽到真係醒神晒。

「好啦，咁人事部經理，你哋幾時肯畀人我呀？真係唔夠人做嘢。」當身份由女朋友變返市場部經理，聲線就符合返佢嘅年齡。

「呢排嚟親見工啲人都好廢，無謂請啲廢柴畀你又要你炒佢啦。」人事部經理懶親切又略為有骨嘅腔調，如果喺公司純市場部經理身份，女乘客應該爆咗佢。

　　不過而家啱啱手牽手返嚟，所以女乘客仲留返少少薄面，淨係鬧個員工，唔鬧請人嘅男乘客：
「咁嗰條 William 真係做唔到嘢嘛，男人老狗化妝返工，都唔

知係咪 Gay 嘅，不過個個 Gay 嘅都話自己係直㗎啦。一日到黑淨係識拖其他同事後腿，又話有幾多年經驗，啲經驗都唔知係咩經驗嚟。」

　　人事部經理可能都聞到啲火藥味，即刻跳去同一陣線：「嗰條友又真係廢咗啲嘅，我見佢青靚白淨正正常常樣，諗住啱你啫。我係咁催獵頭公司嗰邊喇，你睇下我啲 Email。」

「我似鍾意青靚白淨仔仔咩？呢位先生麻煩你照一照鏡啦。」市場部經理突然又變返女朋友身份，「算你有做嘢啦，係喎，啲相今晚記得放上我哋雲端喎。」

「知道啦，第一次同你去旅行咩。你而家過埋你嗰幾張相畀我就好 Del 喇，記得留返啲酒店相單人相畀你老公睇。」男人有時候都好細心，尤其係派帽畀人嗰時。

「知啦，我諗好咗我個行程喇，總之頭兩日就去睇場地，第三日搞 Event，第四五日就去開會，最後兩日都係去買嘢。」女人講出嚟呢個行程，唔知有幾多百分比係真嘅呢？

「兩日去開會？會唔會假咗啲呀？不如話你買三日嘢啦，根本就係事實，只係夜晚同我瞓啫。」人事部經理質疑。

「咩喎，好不滿呀？啲馬拉佬麻麻煩煩，開親會都有排嘅，真

係開會嘅話，開兩日好正常呀。」市場部經理經驗豐富，諗出嚟嘅理由都係合情合理，值得學習。

「知喇知喇，你上到去 Send 訊息畀我啦，唔好打畀我喇。」人事部經理嘅說話，令市場部經理感到失落，同時為我重燃希望，希望唔係得青衣一站啦。

　　送走市場部經理後，人事部經理話要去沙田。

「正，幾驚你哋喺青衣落晒。」我忍唔住脫口歡呼，差在無拍手掌。

「啲女人囉，係都話要見耐啲，咁我都要打畀我老婆㗎。」獨自一人時，人事部經理先咁表露不滿。

「喂，老婆？我返到喇。好熱呀真係，我去到青衣喇，送埋肥強返去嘛。我買咗幾個袋畀你呀。返嚟再講啦，個司機好似行錯路呀。好好好，Bye。」吓？我行錯路，青衣入沙田可以點行錯？

「喂，呢度係公司人事部，有咩幫到你？」原來係市場部經理忍唔住打畀人事部經理，迫住男乘客快手 Cut 線，仲夾硬放我上檯，呢隻死貓可唔可以收附加費？

　　「喺廁所打畀我？咁你咪無着衫？係呀我睇唔夠呀，今晚實好掛住你啦。」兩位經理嘅情慾對話，持續到沙田，聽講有啲女人沖涼沖好耐，今晚終於知道原因。

的士
TAXI

潮流興窮遊，「窮」呢個字可能有啲負面，準確啲嘅講法係將旅行成本盡量壓縮，將呢啲成本撥去一啲慳唔到嘅交通，或者作為買嘢嘅洗費、食嘢嘅開支等，總之慳得就慳，洗得就洗。

機票通常係慳嘅類別，一啲深夜回港嘅航班，機票價格可以低到不合情理，配合埋高到不合情理嘅稅，加埋就係一張其實唔平嘅機票。不過喺窮遊嘅前提下，就算加埋回程嘅的士錢後只係平咗少少，都有唔少人追捧，順便救濟深夜被遺漏喺機場嘅司機們。

喺浮台等到眼光光，幾乎絕望嘅我，終於見到一群人行落嚟。三三兩兩嘅乘客上咗前面嘅士，七個女仔走埋嚟，巡例落一落車睇下有咩幫到手啦，落到車見佢哋喺度分配緊點坐。

「我哋去大圍呀。」
「天娜同我哋一部車啦，你最遠呀。」
「糕兒你哋四個一部咪啱囉，圍住城門河轉。」

擾攘一輪之後，最終男仔頭嘅糕兒，一直踎住手嘅災時同爹娜，仲有企最後唔出聲嘅伊莎啤，四個女仔四件行李上咗我

車，其餘嘅就搭下一部。問清楚去邊之後，真係要行晒偉華中心、花園城、富豪花園、沙田第一城，好似代表沙田贏咗全港運動會之後，帶住勝利嘅餘韻繞場一周，兼具喜悅同汗水。

成班朋友去旅行，難得地返到香港又無反面，就繼續討論行程點點滴滴，皆因第二日各自返工之後，又唔知道幾時先可以咁齊人。

講講下大家粗略估計用咗幾多錢，爹娜忽然人讚其中一位團友：
「今次真係全靠天娜，如果唔係佢，我哋都慳唔到咁多錢。」

災時同樣覺得驚訝：
「我以為我已經好識得格價，點知仲可以用呢招，真係送錢落我哋袋。」

講到咁，我都好想知究竟天娜做咗啲咩嘢咁厲害。

「我最多都係試過出發前先 Book 酒店咋，做唔到咁抵。」糕兒似乎都係旅行專家，只係強中只有強中手。

爹娜輕輕力踩糕兒：
「你都係格價啫，天娜講嗰個日日唔同價先係重點，今日最抵嗰間，聽日又未必係最抵。」

被踩嘅糕兒甘拜下風：

「天娜真係好勁呀，同一晚 Book 幾間又要取消，諗起都煩，畀着我都係畀錢算。」

災時開始問啲技術性問題：

「佢咁樣 Book 定啲酒店，取消唔使錢㗎？」

最崇拜天娜嘅爹娜對其慳錢手段一清二楚：

「我問過佢喇，佢話 Book 幾多都得，最緊要係揀啲可以免費取消就得，同埋知道最遲幾時取消，咁到時再決定瞓邊間……」

災時插嘴：

「最正係前晚 Last minute 先再 Book 過同一間酒店，取消原本貴啲嗰個 Booking。」

講到呢度幾個女仔都興奮喧嘩，一時間聽唔到佢哋講咩。謎底原來係用盡人哋免費取消嘅方便，照計就無問題嘅，反正人哋白紙黑字寫明可以免費取消。只係大量濫用呢個方便，最後就係人哋唔再畀方便我哋。

認真諗，咁樣去到最後一刻先再 Book 同取消，真係抵佢哋賺盡嗰少少錢。出發前格價揀酒店已經好煩，嗰個天娜去到目的地都做同樣嘅事，酒店就算伏咗都只能夠心服。

「咁天娜唔識日文，佢點取消啲懷石料理個 Booking 㗎？」少女們高漲嘅情緒稍為平靜後，災時問爹娜。

「咁我哋最後有無去到吖？」爹娜無直接答佢，但答案已經呼之欲出。

　　災時若有所知咁「哦」咗一聲，爹娜就繼續補充：
「點止懷石料理，個燒肉我哋都無去啦。」

　　糕兒打斷爹娜：
「喂，咁你係咪怪我哋買嘢買得耐先。」
「唔係喎，我都唔想食嗰間燒肉，最後食立食咪幾好。」話題忽然間轉咗去決戰涉谷 109 嘅往事，立食壽司好唔好食無人理，而被 No show 嘅燒肉更加無人想理會。

「……可惜食唔到嗰間懷石料理，下次睇下食唔食到先。」糕兒原來都想食，咁點解由得啲朋友直接 No show 呢？

「嗰間都唔易 Book 㗎，你要問返天娜唔知經邊個日文網先 Book 到。」爹娜講出恐怖嘅事實，燒肉都算，呢啲預早 Book 嘅懷石料理好少做街客，咁佢哋嗰九份餐，應該已經喺堆填區。

「哇，咁會唔會好衰呀，哈哈。」災時格格笑住講會唔會好衰，

真係仲衰過佢唔出聲。

　　爹娜偷換概念嘅答案，相信佢真係真心咁諗：
「點會衰，我哋去海港城食嘢，咪又係全個海港城 Book 晒同
攞晒位。」起初我有諗過教返佢哋正確觀念，轉念一諗都係算，
同女人講邏輯呢件事本身就係不合邏輯。

　　「伊莎啤，做咩唔出聲呀，好眼瞓呀？」糕兒忽然發現車頭位
仲有個同行團友，而我就一直都見佢清醒望住窗外嘅。我以為
後座三女都無理伊莎啤，點知災時都有留意住：「佢無嘢嘅，
佢仲嬲緊退稅退咁少啫。唔好唔開心啦伊莎啤，有得退已經好
好㗎喇。」

　　「真係好唔抵呀，早知唔嗌咁多時間搞退稅，留返啲時間買多
啲嘢啦。」雖然說話內容有啲小家，但係伊莎啤把聲又幾柔和
易入耳。

　　「司機，我哋呢程車去咁遠有無折呀？」伊莎啤突然轉頭同我
講。

　　柔和悅耳嘅聲線加埋年輕貌美嘅樣子，真係好難拒絕：
「有㗎，對比係日本，吩夜要加錢㗎，我哋都唔使，所以香港
的士已經算折咗喇。」

其實我差在無同佢講：

「折？有呀，下個星期咪清明節嘛。」

喺司機身上攞着數失敗而回，幾個女仔繼續懷緬各段行程。而我就幾經辛苦先安全送晒四個女仔返屋企。就算成班夾嘅朋友去旅行，都可以咁辛苦，為咗慳盡一分一毫，你可以去到幾盡，可以有幾無恥咁去剝削別人而自己獲利？

TAXI NO.　　TAXI
SURCHARGE　機場系列
TOTAL KM　　4.00
TOTAL FARE　中秋起伏

　　　自從發現咗中秋節好好搵之後，我就幫下手等啲有家庭嘅師兄可以休息陪屋企人，由我頂硬上。通街都係客人嘅日子，往往就會接到平時好想接而今日唔想接嘅旗，例如話入機場。既來之則安之啦，喺客運大樓食完個幾鐘晚飯，飽足咁上浮台攞客，心情都愉快啲。

　　　上客嘅係一個二十幾歲嘅後生仔，一個人得一個背囊，一件行李都無，莫非係喺機場放工嘅人？同乘客確認咗行西隧去鯉景灣後，就問佢係咪放工啦。

　　　男乘客打個喊露：
「放工？唔係呀，我啱啱喺英國返嚟，諗住中秋節畀個驚喜媽咪就返去喇。」

　　　男乘客夾雜住唔少英文，發音純正，唔係偽 ABC。

「我見你無行李以為你放工啫，返屋企最開心啦，咩都唔使準備。」遊子歸來，一個背囊裝住啲證件就夠，間接都感受到乘客嘅家庭溫暖。

「我都唔知喍，幾年無返過去，可能連我張床都掉埋，咁今晚

就要瞓梳化㗎喇。我都好耐無講中文,司機不如你陪下我傾計練習下,得唔得?」男乘客呢個要求都幾罕見,不過我樂於奉陪。

　　一輪傾談之後,乘客介紹返佢係國際學校學生,高中時期就過咗去英國讀書,跟住幾年都無返過香港,喺國際學校成長嘅佢本身已經唔多講中文,過到去更加無機會。英國同香港有時差關係,同屋企人傾計嘅時間唔係無,只係有啲難就。我笑佢如果有心傾點會搵唔到時間,佢都承認話開頭係傾得多,到人大咗,啲時間就去咗做嘢、拍拖,就算用啲時間去溫習,都好難搵到時間陪屋企。

「咁無嘅,人長大咗就會離開屋企,唔單只你哋去到外國係咁,我哋喺香港嘅人都係咁,只係你遠啲同早啲有呢個情況啫。」

　　我諗住呢句說話都好廢話,點知離開香港先四五年嘅男乘客,咁快已經有文化差異:
「真係?香港咁細都咁難見到面㗎咩?我以為係英國啲人去親城市做嘢先咁難返去。香港就算搬走咗,返屋企應該都唔使好耐咋?」

「係呀,最極端都係兩個鐘車程。問題係香港人太忙喇,難得放假都唔想出街啦,就算出街都係做啲自己鍾意做嘅嘢啦。」
除咗同佢練習廣東話,我仲同佢練習下香港嘅文化。

「咁點解咁突然想返香港嘅？」我問佢，既然都唔打算返嚟，突然返香港總有啲原因啩。

「咁啱有啲事特別掛住屋企啫。」男乘客唔想講，咁我都識相唔挖呢個問題。

「今日中秋節喎，你屋企人會唔會出咗街，甚至去咗旅行喫？」過西隧時我提醒返佢，畀驚喜嘅第一要點，係要透徹了解將會收到驚喜嘅人嘅行蹤，呢一點係神秘接放工失敗後得返嚟嘅經驗，有次諗住去接女朋友放工，電話都唔畀個，點知佢去咗開會；要畀小驚喜，其實唔係一件咁容易嘅事。

「我無香港電話卡呀，返到嚟都係同屋企人一齊行動，我連屋企鎖匙都無。」男乘客真係兩袖清風，輕輕的來。

「我 Share 個 Wi-Fi 畀你，搵一搵你屋企人啦，你今日喺香港佢哋已經好驚喜㗎喇。」我反正數據多，予人方便自己方便。搞完一輪，連到 WhatsApp 時，一連串訊息提示聲響起，預計男乘客要一小段時間先可以睇晒啲訊息。

「無人聽嘅，點解無人聽嘅？」乘客嘅語氣變得焦急，仲有啲恐懼。

「你打 WhatsApp Call？好多人聽唔到 WhatsApp Call 響㗎，又或者佢收得唔清。」好地地做咩要打電話呢？我借啲數據畀你啫，唔係狂用咁缺德呀？

「司機你借個電話畀我呀，舅父話媽媽中風入咗醫院，我搵唔到佢哋呀，唔知去咗邊？」眼前已成年嘅男乘客，喺呢個時刻下都只係一個不知所措嘅小男孩，非常時期，非常啲借個電話畀佢當然無問題。喺哭泣聲夾雜下，男乘客嘅媽媽似乎情況樂觀，我哋改為去某間醫院。

　　我唔知點安慰男乘客，反而男乘客還返電話畀我之後，就自己坐喺個位度祈禱同唸經，希望吉人天相啦。人生就係充滿住起伏，有時候以為平安無事，忽然又會有意料之外嘅情況，珍惜眼前人係好老土，但我哋永遠都唔知呢句說話有幾早需要兌現。

點子網上書店
www.ideapublication.com

含忍·死人·
的士佬

壹獄壹世界

援交妹自白

殘忍的偷戀

殘忍的雙戀

成為外星少女
的導遊

成為作家其實唔難

港L完

信姐急救

西謊極落

公屋仔

十八歲留學日記

西營盤

毒舌的藝術

新聞女郎

黑色社會

香港人自作業

精神病人空白日記

婚姻介紹所

賺錢賣維他奶

獨居的我，最近
發現家裡還有別人

五個小孩的校長
電影小說

點五步 電影小說

有得揀你揀唔揀

This is Lilian

This is Lilian too

This is Lilian, Free

空少傭乜易

爆炸頭的世界

設計 Secret

●《天黑莫回頭》系列

當世四大天王：
黎郭劉張 (上)

● 《診所低能奇觀》系列

圖書館借來的
魔法書

銀行小妹
甩轆日記

● 《詭異日常事件》系列

HiHi 喇好地地
一個人點知……

我的你的紅的

● 《倫敦金》系列

向西聞記

無眠書

● 《Deep Web File》系列

殺戮天國

遺憾修正萬事屋

● 《絕》系列

我的你的

紅的
TAXI₂

作者	白告

出版總監	余禮禧
責任編輯	陳婉婷
助理編輯	陳珈悠

封面設計	韋英
內頁設計	王子淇
製作	點子出版

出版	點子出版
地址	荃灣海盛路 11 號 One MidTown 13 樓 20 室
查詢	info@idea-publication.com

印刷	海洋印務有限公司
地址	黃竹坑道 40 號貴寶工業大廈 7 樓 A 室
查詢	2819 5112

發行	泛華發行代理有限公司
地址	將軍澳工業邨駿昌街 7 號 2 樓
查詢	gccd@singtaonewscorp.com

出版日期	2018 年 9 月 7 日 (第二版)
國際書碼	978-988-78490-1-8
定價	$88

謝謝惠顧 THANK YOU

點子出版
IDEA PUBLICATION

人生不盡，
的士車廂裡面嘅事就講唔完。